遍地风情散文系列

锦途如饴

○ 著

BIANDI FENGQING SANWEN XILIE
JIN TU RU YI

时代出版传媒股份有限公司
安徽文艺出版社

图书在版编目（CIP）数据

堇荼如饴/叶浅韵著. —合肥：安徽文艺出版社，2022.11
（边地风情散文系列）
ISBN 978-7-5396-6624-2

Ⅰ. ①堇… Ⅱ. ①叶… Ⅲ. ①散文集－中国－当代 Ⅳ. ①I267

中国版本图书馆 CIP 数据核字(2022)第 030929 号

出 版 人：姚 巍　　　　　　策 　划：张妍妍
责任编辑：张妍妍　段 婧　　装帧设计：张诚鑫

出版发行：安徽文艺出版社　　www.awpub.com
地　　址：合肥市翡翠路 1118 号　邮政编码：230071
营 销 部：(0551)63533889
印　　制：安徽新华印刷股份有限公司　(0551)65859551

开本：710×1010　1/16　印张：17.25　字数：180 千字
版次：2022 年 11 月第 1 版
印次：2022 年 11 月第 1 次印刷
定价：89.00 元

（如发现印装质量问题，影响阅读，请与出版社联系调换）
版权所有，侵权必究

目　录

堇荼如饴 / 001

桂花闲落一径秋 / 009

来自故乡的标识 / 013

新最可爱的人 / 019

一夜思亲泪，天明又复收 / 023

家有小姑 / 029

看不见的仇恨 / 033

祖母的秘密 / 042

长在心上的洞 / 048

燕子飞来 / 066

我们也曾是"冰花"少年 / 071

异国他乡丢了娘 / 076

我喊你爹的名字 / 080

有一种疼，叫作你以为他疼 / 085

西泽，有一个叫大咪咪鼓的地方 / 089

母亲病中略记 / 094

六斤 / 102

三头牛的彩礼 / 108

土豆 / 117

思念，寄往何处 / 122

头羊的故事 / 126

疼痛双腿上远去的芳华 / 130

温柔的天空 / 135

三人行，师偲 / 149

我妈喜欢 / 153

山间亦有鱼龙舞 / 158

母爱的硬度 / 165

昆明的冬天不寂寞 / 173

恨不相逢，一直未嫁 / 177

娘和她的土地 / 182

静听鸟语 / 186

我与彬的情感公约数 / 191

香案 / 195

那么帅的哥 / 199

问药 / 203

神秘黑皮包 / 211

摆白 / 216

孤独的嗅觉 / 221

沉重的托付 / 227

改天，究竟是哪一天 / 233

女巫的小聪明 / 238

再说宣威女人 / 244

花落几许人不知 / 249

告别骚年 / 254

不就是一只蚊子吗 / 265

堇荼如饴

田野上下,已经有人开始收割玉米了。我一时萌生出来的小冲动,丝毫没有瞒过妈妈的眼睛。她说,这些玉米是新品种,秆子没有一根是甜的。倒是脚下这些矮棵的猪草,村子里的人都掐回去,炒着吃,煮着吃,味道还不错。黄花香、苦马菜、小汉菜、灰苕菜、癞蛤蟆叶、缩筋草,它们正铺张地在玉米棵的脚下横行倒走。小时候,我的镰刀遇见它们,一把一把地收割进篮子里,像是收割满心满意的快乐。其中的一些野菜,我是吃过的,在城里的餐桌上,细细地咀嚼,即使是苦的,也能嚼出些甜味。那感觉竟与《诗经·大雅》中的"堇荼如饴"不谋而合。

堇荼是一种苦菜,与眼前这些生机勃勃的野菜,也许只是名字上的区别。它们都是源自大自然的救物主,饥荒时可用来饱腹,锦衣玉食时被用来识别新鲜。当一些走过的日子蓦然在某个时间点交集相遇时,就连甘与苦都像是对调了位置。

此时,我与妈妈悠闲地坐在地埂边上。过路的邻居递来一串葡萄,色泽诱人,我接过来,才想送到妈妈嘴边,忽然想起,妈妈是不能吃这东西的,马上又缩了回来。妈妈说:"你赶紧吃吧。"甜甜蜜蜜的汁液欢快地在我的舌尖上滑动,把我的思绪带回到对甜极度渴望的童年。是的,如今的甜蜜唾手可得。而眼前这些田野里的玉米秆子,却让我嘴里的甜蜜沾上了一些苦涩。

去年秋天,妈妈迅速消瘦九斤。她很高兴,我也很高兴。在长秋膘的时节,能躲过核桃、板栗和月饼们重重贴上来的高热量,真是不容易。秋天过去,妈妈已经瘦得连双下巴都不见踪影了。我开始着急起来,带着她去医院检查身体,血糖居高。连测数日,医生几乎可以判定妈妈得了糖尿病。

我不相信,妈妈也不相信。她对于每一次测量过后的数据都找一些借口,昨天怪吃了酒,前天怪吃了红糖鸡蛋。后来,但凡能对血糖有影响的食物都忌了,谨遵医嘱,再去检查,结果是相似的。我们开始对糖极度警惕起来。一些糖分含量较高的水果像是成了家里的敌人一样,被抛弃,被仇恨。

寻医,问药。辅助一些西医的药品,甚至还加入了民间的土法,终于把体重稳住了。我下班回家,一进门就看见瘦小的妈妈嵌陷在沙发里,睁着两只大眼睛像个孩子一样探询我今天的忙闲和心情。其中一只眼睛的黑眼球上已经蒙上一层雾了,医生说那是白内障,得等再严重一些做手术的效果才好。

晚饭后我泡了一壶茶。妈妈是爱喝茶的,我记得她年轻时常常喜欢在茶叶里放一块红糖。现在,谈糖色惧。民间给这种病取了个名字叫"富贵病"。在那个艰苦的年代,糖都吃不上,怎么会有人患上这种奢侈的病呢?居然尿糖了。我的妈妈,那些年在月子里都吃不上糖的我的妈妈!

我记得有一次,妈妈和奶奶发生了一次不愉快的争吵。双方火气都很大,互相埋怨对方把几斤红糖藏到哪儿了。她们甚至都发了誓,说绝不可能偷偷藏到娘家去。那些红糖在好些年之后现身了,它们放在顶楼的一个小矮柜里,已经与柜子里的绵纸融为一体了。要知道,那些稀有的绵纸是留给爷爷的后事之用。长年咳嗽的爷爷熬过了一个又一个冬天,在他七十三岁那一年,丢下我们走了。爸爸想起了那一柜子的绵纸,打开,便成了一柜子面容模糊的心痛。

许多年后,她们都还在惋惜。妈妈得理不饶人,埋怨奶奶,说她在坐月子期间都没得吃几口红糖水。奶奶埋怨自己老了不中用了,害家里白丢了多少钱。那时候,村子里的人都吃不上糖,家里有月子婆了,要去大队上打个证明,花上一块五毛钱,才有三斤红糖的供应。村子里的人为了得到点金贵的糖,想了许多办法。关于这些，我已经颇有些印象了。

在秋天收玉米的时候，镰刀挥过的玉米秆子留下好长一截立在土地上。我和小伙伴去找猪草，砍下一根玉米秆子，尝尝味道。遇上甜的，用牙齿剥开皮，像吃甘蔗一样，一根根吃完。一不小心，嘴巴皮也会被割破出血，但没有什么可以阻挡我们对甜的渴望。吐一堆渣子在脚下，吃下一肚子甜蜜，再背起小箩箩继续找猪草。我们最快乐的事就是在哪里能遇见一窝窝绿油油的嫩猪草，镰刀一挥，像刚吃过糖一样安逸。

收割完玉米，村子里的婆婆们把玉米秆子收了回去，用清水洗净，用铡刀把它们铡细碎了，又放进碓臼里舂，汁汁液液就舀在桶里，放进一口大黑锅里，煮啊煮，然后用纱布过滤。经过一道道工序后，剩下些混浊的液体了，再用文火慢慢熬制，一些淡薄的糖稀就成了。红褐色的黏液，它们被称作"糖"。女主人把它们装进一只土罐子里，密封，待家里有了用场时再拿出来。

因为工序麻烦，所得甚少，村子里只有少数几个勤劳的主妇愿意下此苦力。有时，村子里的娃儿被狗咬了，需要煮个糖水鸡蛋补血、压惊，就要端着小碗去讨点糖稀。我吃过那种糖，淡淡的甜味，总是让人意犹未尽，还不如我和小伙伴们去田野里砍根甜玉米秆子嚼痛快呢。

甘蔗要种在热一些的地方,这种东西我是长大之后才在集市上见过,吃过,像蜜一样甜。对了,村子里也有一户人家里养蜂。他们家扯蜜糖的时候最馋村子里的孩子们。我们总是会得到一小块蜂坯子,含在嘴里,扎扎实实地甜进心里去了。后来,那几窝蜂跑了,在一个夏天的午后,它们全体"起义"了。女主人像丢了孩子一样,勾着腰杆一句句叫喊:"蜂王落,蜂王落,蜂王蜂王落。"但它们都没有听她的话,在村子后面的竹林里热闹了好一会儿,就飞走了。村子里再也没有养蜂的人家了,存留在我舌尖上的甜到心尖的感受就高悬了许多年。

村子里还有人家用胡萝卜熬制糖,工序差不多,但糖的味道就比玉米秆的更浓了一些。我依然不喜欢那种甜,好不容易有了一点,我还嫌弃这样那样,因此被妈妈称为"嘴尖磨馋"。爷爷是个有想法的人,不知从哪一年起,家里种上了高粱。一小块地的高粱,就种在土墙边的自留地里。它们苗直苗直地长成了绿油油的一片。奶奶的山歌里有一句"高枝高秆是高粱,细枝细叶茴香草;妹是后园茴香草,轻轻摇动满园香"。爷爷的个子很高,跟高粱一样高。

第一次收割高粱的时候,村子里很多人来围观。高粱秆的味道可比玉米秆的味道好多了,不甜不淡,纯纯正正地在舌尖上荡漾。高粱秆经过层层工序制成糖，高粱的穗子被制成了刷把，用于清洁。那时候，我很喜欢这洋东西，觉得自己拥有了整个世界。我总是在高粱秆子才出叶的时候，就去偷吃它们。

　　人们形容生活美好时，喜欢用"甜蜜"这两个字。事实上，人们为了得到它，动用了一切智慧。慢慢地，这种原始加工糖的方式也快被人们遗忘了。某天我在街上看见有人在卖高粱秆，三元钱一根，我就像是看见了童年的欢喜，迅速地买一些回来。吃了几口，我一时觉得我的童年像是假的一样。那些残留在我的记忆和舌尖上的甜，它们到底跑到哪儿去了？我很沮丧地把它们丢了，然后像是报复自己对甜的追忆一样，翻出柜子里的糖类。冰糖，晶莹剔透闪着光，有棱有角，这个对止咳有帮助，滋润肺部。红糖，纯手工制作的，一些加了玫瑰花，一些加了姜，风味各异，暖人心腹。几瓶蜂蜜，来自不同的亲戚朋友，苦刺花蜜是白色的，枣花蜜略有琥珀色，槐花蜜看上去最想在此时吃一口。

　　我泡了杯浓酽的槐花蜜，足足加了四勺。甜到不能拔出来的味道，在我的舌尖上转悠着。才吃完，立即想起医生说的话，雌激素分泌过剩的人要少食，它会让一些肌瘤汲取到最丰富的营养，促使它们长得更快。我想起我的子宫里潜伏着的那几个肌瘤，想着它们正在被我喂饱，然后在我的身体里繁衍、生长。我看那几瓶

蜂蜜的眼神顿时就带上了许多幽怨。

那些年，我们多么渴望这点甜蜜的梦呀。在田野里，在悬崖上，巴心巴肝地想得到点糖分。它们象征着生活中最美好的那部分。大人哄孩子最有力的武器，永远是"你要乖乖的，乖了给你糖吃"。对了，说到悬崖，那是因为有时会从悬崖峭壁上得到野蜂蜜，偶然发现一窝蜂巢，像遇见宝藏一样。冒着危险采集回来，放在一个瓶子里。妈妈把它安置在最高的柜子上面，我拿两个凳子也够不到的地方，在我心里，跟悬崖一样高。妈妈为了防止我们偷食，还编说吃太多会把牙齿甜掉了。村子里从来没有过把牙齿甜掉了的孩子。但许多年后，糖吃多了的孩子没有一口好牙倒是一个事实。也许是因为太紧缺了，好不容易有了，就想着把甜吃个够。我上中学了，都还希望口袋里能装着几个包了红色糖纸的水果糖，觉得那才是最高级的生活。

如今，我和妈妈都在抵制不同的糖。抵制的方式有时很奇怪。妈妈听说苦瓜是降血糖的，她就种了许多苦瓜，晒干打成粉末，每天早晨食用，效果似乎还不错。我曾经多么不喜欢这种苦唧唧的食物呀，现在却是到了迷恋的程度，仿佛它身上的坑坑洼洼是另一种美，就像妈妈带着我们走过的路。

甘苦的人生，被田野里的风吹了一年又一年。一季一季的庄稼养活一茬一茬的娃儿。一年比一年好起来的日子里，像是我和妈妈都在与糖作一场隐秘的斗争。在苦中找寻甜蜜，在甜蜜中思忆苦涩。我和妈妈，及许多人，我们都走在找寻自己想要的甘和苦的路上。堇荼如饴，如水岁月，从无到有，生生不息。

桂花闲落一径秋

八月,桂花闲落,振兴街的早晨是香的,美奂山的夜晚是香的。香径上,婆娑的人影在信步养生,他们贪婪地吮吸着弥漫的香气,想把这个八月装于肺中。每年的八月,我都要为桂花和月亮生出些陶醉。我一度以为,在闻香识女人的常态里,能让心灵荡漾的香,怕就是这月亮下的桂花香了。

却不料我这种一厢情愿的美好被我的堂姐一棒喝来——我与她在桂花树下漫步的时候,她竟然捂着鼻子,并央求我快些走过。我闷闷然。小时候村子里没有桂花树,长大后,我们应了老姑妈的口,南山嫁一个,北山嫁一个,哪得多少相聚的光阴?这一次为一件家族中的生死大事聚首,闲话几句,才知她与我有如此之异。她说:"我讨厌每年的八月,小区里那么多的桂花树,太臭了,我想吐,一整个八月我都想吐。"她闻不得桂花香,哦,在这里,我不能说桂花香。好在,对这桂花香是大家有了共识的,否则,让我们俩来评论这味道,谁是怪异之人,还未必说得准。

我想起了我们一起上小学的时光，下过雨后的麦田里散发的芬芳，是我们最迷恋的香味。我们在蚕豆花开的夜晚，在月亮下面静静地坐着，大口大口地吸着蚕豆花散发出的香气。村口的那棵大叶女贞树下，千万只蜜蜂成群结队的嗡嗡声，和着一股奇特的清香。我们一起在树下刨虫子，一见到哪里有一个虫子的影子，就凑上去。我们还把一种虫子叫作"聋子"，它钻进土里时总会留下一个涡形的痕迹，我们一边刨一边一齐喊："聋子窝窝，开门给大哥……"

小时候,觉得满世界都是香气袭人。甚至,我们在乡间小路上,偶尔看见汽车的身影,追着跑着,在汽车的尾气里迷醉。汽油的芳香味道是一种陌生的香味儿,它新鲜地入侵我的嗅觉,我一时觉得汽油的香味比我从前闻过的味道更香。我的这种奇异论调,遭遇了小伙伴们的嘲笑。堂姐和他们都说:"你太怪了,那是臭得让人恶心的东西,你怎么能说好闻呢?"

众口之下,我为自己的异端而缄默,但我关于汽油是好闻味道的看法一直持续很久。在那些不知香水为何物的年代,我对汽油一直怀有深刻的好感,对每一次汽车经过时发出的味道倍感亲切。直到有一次坐长途汽车,在颠簸中呕吐不止,我终于厌倦了汽油的味道。从那以后,我再没有过闻到汽油芳香的喜悦,甚至生出些厌恶。我不知道是我的嗅觉变了,还是汽油的味道变了。有一次,我与人谈论我的经历时,竟然遇见相同者,她说她从前也喜欢闻汽油的味道,因为从前的汽油是好闻的,现在的汽油不好闻了。

与堂姐分开之后,我一直在想这件看似简单的事。桂花的味道,它究竟是香的,还是臭的?在大众的审美评价里,桂花的香被人广泛认知和接纳。在从古至今的诗句里可追芳踪一二,从辛弃疾的"大都一点宫黄。人间直恁芬芳。怕是九天风露,染教世界都香"、杨升庵的"摘来金粟枝枝艳,插上乌云朵朵香",至我们耳熟能详的王维的"人闲桂花落,夜静春山空",桂花被历代文人墨客争相歌颂,它蔚然壮观的香气像是要从诗句里爬出来,爬进我的鼻孔里。但愿这香气绕道于我堂姐的门前,给她一个安稳的八月。

桂花落了,细细碎碎地落在叶子上、地上。在一个有月亮的夜晚,我加班归来,满怀的香气令人心生喜悦。我做了一个偷香的人,四处张望,除了一只偷窥的母猫与我对峙之外,正是无人之境,心生窃喜。我站在树下,摘香入囊,倒至小碗里,竟有了小半碗。用文火熬成桂花粥,入胃的香气,更令小儿馋涎。后来,又泡制了桂花酒,唇香袅袅之间,有万种雅致翩翩起舞。

想来,一切美好,只在需要它喜欢它的人那里才是有益的,甲之蜜糖,乙之砒霜。就像梦里的杀戮和偈语,砒霜与蜜糖,都生在神的手上。人的力量,只在举手能及的地方。就连香气,也这般令人迷乱。当有一天,我因为严重的鼻炎而丧失了嗅觉的时候,我忽然觉得这世间的味道,哪怕是臭味,也是弥足珍贵的,它让我拥有辨识世界的正常感观。失去嗅觉,世界于我,就残缺了。我知道,我会慢慢失去很多。但在这个八月,在桂花细细落下的小径上,我还是无可抑制地充满了感恩和感伤。

来自故乡的标识

当我的身体在火车和飞机之外的地方停留,被人问及出生地时,许多人对我故乡的辨识竟然来自同一种美食——宣威火腿,这让我很惊讶。我天天面对的平常食物竟是异乡人眼中长久不衰的宠爱,心中的自豪便油然而生。

一个地方因人因物因事闻名,这已成为认知他乡的一种有效手段。最明显的就是对于一个名人的故乡的争议,待一个人声名远播乃至流芳百世时,许多人对他成长的轨迹就饶有兴致起来。于是,从他出生到成长再到死亡的话题便经久不衰,人们以成为他故乡的人而骄傲。

尽管我的故乡早在新石器时代就有人类文明的碎片,但它一直是偏僻之所,隅居于滇东北乌蒙山下。它在古代帝王黎民的眼里是蛮夷之乡、不毛之地,瘴疠横行,民风彪悍,若是被贬于此,无异于被宣判了死刑。殊不知明朝著名状元杨升庵被贬谪到云南这片山水以后,却过上了神仙般逍遥自在的日子。他曾数次来到宣威，与当地名流饮酒作诗，并在杨柳可渡村前高耸的碧绿石屏上留下了"高山流水，水流云在"的摩崖石刻。

且不再说秦五尺道，亦不再言诸葛亮，这位历史名人在许多地方都留下了痕迹，宣威这个小小的县城被隐藏在地图里，毫不起眼，绝不敌声名显赫的大地方。荣幸的是，宣威却因得天独厚的气候出产一种美食，并因此而名声大噪。

在国门尚紧锁的时候，热血志士浦公在廷带着宣威火腿打入国际市场，在巴拿马万国博览会上获得了金奖。一时间，宣威火腿名声大震，在车拉马驮的原始运输条件下就远销海内外，深得口碑，供不应求，为一个小地方经济的繁荣做出了莫大的贡献。

我不能想象当年一个以马帮起家的少年，经历了多少风雨坎坷，才走出一条由小县城通向国际的道路。多少苦难、多少辛酸都隐藏在了巨大的成功后面，人们只看到一个身材雄伟高大、目光犀利、神采飞扬的志士，在小城的中央有千顷万厦的财产。风风光光的浦氏家族让人羡慕，受人尊敬，就连从那个府第走出的丫鬟仆人也比寻常人家的身份高出许多。

我更不能想象，在商业还不发达时，浦公的火腿加工居然以股份公司的面容出现了，别说是在一个小城，即使是在大城市，这也绝对是一桩新鲜的事儿。意识先进的浦公居然申请了注册商标,后来人们在展览馆看到这些令人匪夷所思的文物时,会感到自己作为一个现代人的蒙昧和浅陋。伟大总有伟大的不同寻常,成功总有成功鲜为人知的故事。其间的曲折历程,在一段辉煌的历史面前,一笔带过了,在成功的面前,所有的奋斗都有被省略的理由。结果,永远是检阅人生的重要尺度。

当年,蔡锷将军率领的护国军路过宣威,浦公生产的火腿为正义之师提供了丰富的军需供应。红军长征路过宣威,火腿再次发挥了巨大的作用,成为红军队伍缺衣少粮时的重要补给。含盐稍重的宣威火腿,既可当肉,又可调味,油是它,盐也是它,再没有比这更能体贴战士们胃口的东西了。

一代又一代的人们在血与火的洗礼中,活着,喘息着,奋斗着。浦公的火腿产业同样经历着大大小小的起起落落,大到身家性命之忧,小到兄弟不力、资金不济。然而在民族危亡之时,急公好义的浦公不吝钱粮,救济百姓,接济军队,以铮铮脊梁顶起一片天空,为革命的胜利贡献了移山心力。

浦公最小的女儿卓琳,陪伴邓小平从戎马岁月到改革开放的艰苦历程,用一个女性的坚毅和果敢谱写了伟大而平凡的一生。她是我的故乡继火腿之外的又一张被世人认知的名片,然而她又是与火腿联系最紧密的人之一,成为故乡永远的荣耀。

在浦公的故居，有孙中山先生亲笔题写的"饮和食德"，这历来是对宣威火腿最高的赞誉。这四个字所蕴含的意义被后来人无数次解读着，常读常新之感力透纸背。孙中山先生用他革命的火热赤心为宣威火腿作了最好的讴歌，为浦公高标的品行作了最好的注脚。还有云南督军唐继尧题的"急公好义"、滇军总司令杨希闵题的"味美于回"、滇军军长范石生题的"调和鼎鼐"……许许多多的赞誉让宣威火腿名扬海内外,被世人列于食谱大全首位。

一只小小的火腿,当它与革命相联系,并作为某种必需品的时候,它顿时高大威仪,雄风四起。然而,就是这长着绿毛的火腿,它从寻常百姓家走来,成就了革命的丰功伟绩,成就了宣威人的一种生活方式。

宣威人用火腿换取生活必需品,用火腿供养孩子们上大学,用火腿作为最贵重的赠品。以至这里的人们谨慎地对待一头猪,把它当作家庭成员一样重要,只因它承载太多宣威人的梦想。从浦公的马帮开始,一代代宣威人扛着火腿走出高坡顶,走向了新天地,走向成功,走向辉煌。

浦公的塑像静默在东山寺里,晚年笃信佛教的他,用他的善言善行给故乡树立了一种高大的榜样,人们景仰他,爱戴他,怀念他。他目光坚定地在那里守望着脚下的宣威城,守望着他用毕生心血打造的品牌——宣威火腿。后来人当以先生的德行为楷模,为宣威火腿的荣誉增添荣光。谁要是假冒伪劣抹黑了自己的品牌,谁就是历史的罪人,谁就是这片土地的叛徒。

回望故乡的时候,每一次都忘不了舌尖上留存的味道,它的鲜、酥、脆、嫩、香、甜，久久地荡漾在舌尖上。无论何种吃法，都能让每一个吃过它的人记忆犹新。想家的游子归来时，母亲要做的第一道菜，必然是煮金钱火腿。香味四溢的时候，邻居们就捕捉到家有喜事的信号。离开家的儿女们的行囊里，最不能少的也一定是火腿。当你收到一个宣威人赠予你的火腿时，这必然是最珍贵最赤诚的馈赠。因为在宣威人的眼里，再也没有比火腿更美的滋味了。

我爱这片热土，再多的物华天宝，也比不上这"身披绿毛，形似琵琶"的火腿带给我的喜悦，日日食，食不厌，天天想，想不尽。当有一天我带着火腿的味道站在异乡，客居他乡的故人们像是看见他们的亲人一样欢喜时，我深深地明白火腿已成为来自故乡的最鲜明的标识，它有着乡音之外最容易辨识的气味。

新最可爱的人

在小学课本里读到魏巍的《谁是最可爱的人》时,恨不能立即奔赴朝鲜战场,与那个吃雪的小战士一起吃雪,吃一口炒面,就一口雪。他说:"我在这里吃雪,正是为了我们祖国的人民不再吃雪。他们可以坐在挺豁亮的屋子里,泡上一壶茶,守住个小火炉子,想吃点什么就做点什么。"

艰苦环境中的崇高品格是照亮人类精神的明灯,经过几代人的不懈努力,我们终于拥有了那样美好的日子。然而,一场全人类的战争悄然席卷了世界,没有一个人是旁观者。我们在抗疫第一线的医生、护士、警察、记者们的感人事迹中心疼、焦虑、落泪,也在自我隔离的小天地中战斗,准确地说是与网络用语中的"神兽"们的战斗。

责任和使命选择谁成为英雄,谁成为凡人。大多数人只能做平凡的人,而做好平凡的人有时甚至也显得很吃力。凡人的生活就是以食为天,安身立命。如果这场没有硝烟的战争不曾来过,放假,春节,开学,家长与"神兽"之间母慈子孝,彼此平安。挥挥手的告别,是校园里最平常的风景。

漫长的无聊让不自律有了一切肥沃的土壤,关进笼子里的鸟儿总是向往在天空飞翔的自由。大人如是,孩子更如是。有网络的在家里玩游戏,没有网络的在山坡上找网络学习,世界总是充满了奇幻的色彩。放不下的手机成了家长与"神兽"们争夺的武器,情到不已时,手机与大地同时"心碎",更心碎的还有家长和"神兽"。各自哀伤,不得其果。

世界上没有平坦的路,只有渐渐平坦的心。可你无法让你的少年明白,在不平坦的路上那些风雨兼程的昨天,应该如何被拾起。所有的家长苦口婆心的黄连,不外乎是为了让自己的孩子有一个更好的前程。然而,事情的真相是,世界上没有一种幸福定式等待谁来攫取。即使我们明白了这样的真相,也依然不肯放弃对未来的种种期待。我们都想成为土地上向阳生发的植物,季季生长,年年花开。如此,人类才保有生生不息的希望。

于是乎,你想看见一个独立思考的脑袋,你想看见一颗热情善良的心,你想看见一副健康强壮的体魄,你还想看见一个经常认真写作业的学生。然而,你真是想多了,你举的例子都是邻居家的孩子,不是亲生的,因为你生不出那样的孩子。少年们伶俐的口舌,会让你树立的论据刹那间流水落花春去也。是的,确实已经浪费了一个春天。你说,优生与差生的区别会在自律与自觉中极端分化。不,你又错了,你真是想多了。别忘了,好逸恶劳纯粹是人的天性。

每当下班回来,你看见一个总是在游戏里拼力厮杀的孩子,任何几何解题方法也无法求出你的心理阴影的面积时,除了想念他的老师们,在心里默默地说,老师才是最可爱的人,祈求疫情赶紧过去,快快收了这"齐天大圣"吧,其他的都是无效劳动。比如,你的声声叹息,哪怕胜过木兰机杼声。比如,你沉重的疲惫,好像与铅同重。

从来没有如此地盼望过一个"0"字,最深情的呼唤像心电图曲线,一波三折。兴致勃勃地盼来了开学,家长们在朋友圈额手称庆,却是一场空欢喜。像是家长们都开始认真地思念老师,甚至也有老师在思念学生们了。而学生们依然在一堆作业面前禁不住手机和电脑的诱惑,曹营与汉俱在,哪管你的血压有多高。

想来,这"神兽"终是老师们才能教授的:小学时,老师的话是圣旨;中学时,老师的话还是圣旨,只是有了轻微的反抗;大学时,老师的话一半是圣旨。有大半生的时间,我们不是在学校就是在送娃去学校的路上折腾,如果老师不是最可爱的人,又有谁有那么大的魅力,要一生与之"约会"呢?听闻有老师说,学生对老师的最大尊重就是在学术上把老师干掉。任何一个老师面对桃李满园的芳菲时,必定是心花怒放的,那是一个老师最大的价值和成就。看吧,多么可爱的老师呀!

又一拨开学的消息传来时,国外疫情正引起一片哗然,我心里咯噔了一下。直到看到少年的班主任刘老师正在教室里打扫卫生迎接孩子们归校,其他老师也正在打扫校园卫生时,我心中悬着的石头才落了下来。那个我心里一直在说的"最可爱的人是老师"的论点,也像石头一样落了下来。传道授业解惑的老师们,最值得人们尊敬,正是他们教给孩子们正确的三观,让他们踏入社会成了栋梁之材,成为科学家、教育家、医生、护士、警察,成为正直的、对社会有用的人,孩子们才有了值得期待的明天。

4月20日,我像是迎接一个重要的节日,目送着少年在一阵消毒的雾气中渐渐走远时,扭成麻花的心终于理顺了。我长长地舒了一口气,吹着口哨奔向会场。此时,就连开会这种事都让我觉得如此欢愉。像是顷刻我也变成了一个可爱的妈妈,将供少年在未来一个月里在电话里思念和问候。

一夜思亲泪，天明又复收

奔丧的路上，眼泪很多。一些是为死去的亲人，一些是为活着的自己。那块一直立在公路旁边的石头，这一次呈现在我眼中的形象不是骷髅头。它更像一尊佛像，微闭着双眼，面带微笑。若干次了，我经过它时害怕，离开它时不安。有一次，一个放羊的人就坐在那块石头前吸烟，我的车驶过去，又停下来。刚下过雨，我怕它惊扰了山体的沉睡。他背起背箩，咧嘴一笑，挪了个位置，眼睛继续盯着羊群。

我赶去见外公最后一面。母亲见到我时，说的第一句话是："这是熟透了的果子。"我还没从她的练达中回过神来，就看到一个泣涕涟涟的母亲。我拉着她的手，坐在棺木前，任由她哭，任由我哭。我深深知道母亲的伤心，她在哭她的父亲，也在哭我的父亲。她生命中的依靠，她的重心，被迫一次次迁移，一次次地动了筋骨，一次次地损了元气。

我与母亲一样，在种种消耗中，一天天衰老。但只要外公还在，母亲就没有说自己老了的权利，她会是一个有父亲疼爱的孩子。如今，上天要带走外公的苦，母亲想要做一个孩子的幸福也没有了。这种情感的归属有时是违逆生活的，它应该在彼此的生命都有质地的时候，才可能是真正的幸福。而这些，外公和母亲都久违了。他们被迫屈服于形式，只能略微地感知天伦的小乐趣。随即，迎接他们的现实便是痛苦的折磨。

明年春天的二月初二，是外公的九十大寿。早前就想好了，要有一个隆重些的寿礼，让他满堂的子孙都来分享些福禄。事实上，对于一个卧病在床近十年的老人，"福禄"这两个字更像是我们强加给他的。人人都以为高寿就是福气。外公为这个福气，一直在遭罪地活着。难过的时候，他就骂人。舒服一点时，他就说："我多

活几年,就是想看见我的最小的孙子能长高一点,再高一点。"那个叫三儿的超生小不点,如今才上小学四年级,但他已经可以帮外公提尿桶了。

外公脑溢血入院时,医生让舅舅们回家准备后事,我态度决然地想挽留外公的生命。那些药进入外公的体内,伏贴着他衰老的血管,最后竟然奇迹般地止住了多处出血点。外公在病床上虚弱地对我说:"我在电视上看见你了。" 他的眼睛里闪过一丝微光,就像我是他的传世作品中在此时段令他稍微满意的那一个。

我知道,这些年,许多次病危时刻,外公都会在他的孙子们回来时得到最大限度的缓解。他的大孙子考取大学时,他从天干地支,讲到将军帅才。他们就是他追寻了一世未考取的"功名"。这些遗憾,随着孙子孙女们的蓬勃向上,已经被弥补了。而外孙女外孙子们的小成绩,对于外公,也许只是一种防御工事,但绝对可以让他的精神更加饱满。

外婆走的时候,最放心不下二儿子。外公与外婆的心事聚拢在一起,一生都在操心他们的二儿子。好不容易有了大儿子,娇生娇养,又有了二儿子,手心手背。外婆把熟睡的二儿子放在火塘边的小床上,去摘一把豆子的工夫,醒来的孩子就掉进了火塘里。被火烧得面目全非的儿子,好不容易活了下来。但他成了外公外婆揪心一世的痛。为了给二儿子说一门亲事,他们耗尽了移山心力。生下三个孩子的二舅母,突发心脏病走了。三个年幼的孩子成了全家人的痛。外公多次嘱咐我要管好他们,牵好他们。若是外公安然,我定是要撒娇耍赖,与他争论一番,矫正他重男轻女的思想。可他那么羸弱,像个无助的孩子那样看着我,一撮胡子在上下嘴皮的升落之间颤动着,太像三儿与我索要什么东西时的样子了。三儿会在我过田埂时,指着我细细的高跟鞋说:"姐姐,你要慢点儿。"他们都需要我轻声地说,好,要得,我有,我能。

外公的身体只有五十斤了,他的女儿们都可抱他起来,帮他洗澡,为他穿衣。起初,他是害羞的,他拼命想保护他的尊严,缩紧身体对抗着。慢慢地,他敞开了自己,任自己回到女儿们的婴儿时代。洗完澡的外公,神色安然。他说,洗洗舒服。他这头挂着儿子家的稚儿,那头又挂着远嫁江浙的女儿,又心疼着失去了丈夫的我的母亲。这些,他都可以放下了,但只要他还有一口气,这些都是压在他心口上的石头。

白天和黑夜,在外公的担忧里,过了一个又一个。或者说,外公的生命,已经不分白天和黑夜了。躺在床上,闭着眼睛和睁着眼睛,都可能是青敖敖的长天。我曾试着让外公读几页书,可他的眼睛已经看不清字了。那些年,劳动回来的外公,也手不释卷。每当他从唐宗宋祖说到孔夫子鬼谷子时，外婆总是不耐烦地冲他发火："你念什么灶王经？天上的你知道一半，地下的你是全知道。"为了挣工分糊口粮，外婆把在外工作的外公硬拽回家了。

　　成了村夫的外公，带着丝丝缕缕的书卷气息，深深浅浅地影响了我。我在他的书里认识了太极八卦图和千针万线草。在我很小的时候，母亲泡了红糖水放在窗台上，待冷些再喂我。我大哭着不肯喝一口，外公接过去，在一碗糖水里尝到了几种中药的味道。他像是得到某种神灵的暗示，去后山上找了几味草药，把三女儿快要不能走路的腿治好了。我对这件事情的真假一直持有保留意见，但他们都言之凿凿，我也只能将信将疑。就像这一次他的预言被验证，究竟是偶然还是巧合，我也不得而知。几年前，他曾说过，他将来只会在他的大儿子家里咽下最后一口气。

　　外公最爱吃荔枝，他说再也没有比这个甜得更正的东西了。夏天时，荔枝从岭南岭北穿过我的手指，放在外公的舌尖上。一颗牙齿都没有了的外公，把牙床锻炼得很坚实。他吃东西的时候，像是整个面部都在为口中的食物服务，上下左右地凸凹，荔枝的甜就进入了外公的喉咙里。他张开嘴巴向我要下一个。对于从小吃苦长大的外公，这样的甜让他的神情愉悦。除了荔枝，香蕉是最不会欺负老人的水果了，它像外公的舌头那样软，它在外公的嘴里打几个转儿就不见了。

我把糕点放在他的枕边时,他像一个护食的孩子,生怕有人抢了他的东西,他把它们用被子盖了起来。他还把我给他的钱收藏在帽子里,等他的孙子们回来,再悄悄地转移到他们的口袋里。做这些的时候,他像一个快乐的小孩子。但有一次,他很严肃地对我说:"钱对我没用处了,你就不要给了,给我点吃的就行了。"

到后来,连一点点吃的,他都无法消受了。少量地进入肠胃,虚弱地出一口气,再缓慢地进一口气。他睡着的时候,鼻子和嘴巴完全连在了一起,骨头上的一层皮,松散地堆在他的身体上。他在他的大儿子家咽下了最后一口气,自此,他的皮、骨和灵魂,都要和青山化为一体了。外公是一个相信有灵魂存在的人,他在无数次与死神擦肩而过中,看清了自己灵魂的模样。终于,他的身体和灵魂合为一体了,它们正结伴而行,奔向另一种欢喜。

外公安详地睡在他的房子里,我轻抚着他冰凉的脸,他已经不能答应我了。所有的放不下,他也终于不得不放下了。在我们的哭声中,另一个高龄的老人颤悠悠地拄着拐杖站在棺木面前说:"哭什么哭?他比我有福气呀,他得装在柏木的房子里,我就等着人家把我化成一把灰吧。"在草木之心未成灰烬之前,还是允许我站在外公的身旁,放声地痛哭一回吧。

家有小姑

天气有些阴冷,为一个不休不依的电话,赴了一场有些乌龙的饭局。纯粹的女人,三个就够一台戏了,却是有了三的平方还多两个。认识的与不认识的,在几杯酒之后,都成了熟人。酒足饭饱之后,她们便像菌子一样,三朵两朵地扎在一堆,你拉着我讲孩子,我缠着你说婆婆、小姑们的不是。女人们的话匣子一打开,就像是洪水袭来,完全是要强势入驻的样子。你说你有,我就要说我更甚,仿佛只有这样,才能把对方压下去。甚至连说到高血压,都立刻有人要说"我比你高"。

有人大声地说起小姑子们,不知是话题太吸引人,还是声音太大,立即就让各处分散交谈的女人们把目光投向了她。她像一个舞台上的主角那样,声泪俱下地控诉她不寻常的遭遇,仿佛她的小姑子们都长着三头六臂,样样都能凌驾于她的头上。紧接着,有类似经历的女人们就像是找到了一个晒豆子的宽敞场地,一个个地晒起了做人媳妇的伤心难事。

当别人把目光投向我的时候，我就说了小姑子们的诸多好话。她们就一个个地羡慕我命好，我生活幸福什么的。在那一刻，我成了一个不合时宜的人，破坏了现场悲情的气氛。我一下子就觉得我成了罪人，于是找了一个回家的借口，匆匆地告别。我不知道在她们的眼里，我是不是一个伪装生活的人。我只知道我不能做一个昧着良心的女人。

从小就听过一句俗言："田间只怕铁线草，屋内最怕姑子狡。"未嫁时，倒也生出几分恐惧。我偏嫁了一个姑子多的人家，多得只有我丈夫这一个儿子。婆婆早逝，对于婆媳关系，我省了些心思。三个姑子，条条理理地为我挡了许多生活的风雨，把我惯得不像一个正常的主妇。就连叔公家的女儿们都成了我的同盟，在她们眼里，像我这种爱读书写字的人，就不应该被俗务所缠绕。

年前，全家从乡下买了头猪回来，大姑子、小姑子们忙着把一头宰好的猪分类处理。我摇着两只手进门了，喜笑颜开地问她们，要我帮什么忙。她们说："你帮忙吃就行了。"我这懒惰，在这家里，也算是被"发扬"得光明正大了。从前，心尚有愧怍，偶尔会生出几丝不好意思来。如今，我理所当然地接受这被赏赐的生活。我顺手剥了几瓣橘子，喂这个一瓣，喂那个一瓣。她们品着甜蜜的汁液，听着我的夸赞，劳动便成了一件愉悦的事。

在我看来，这世界上的女人大致分为三类：只做不说的，又说又做的，只说不做的。第一类女人任劳任怨，愿意为家全身心付出，有她在，家就永远是温暖明亮的，美德在她的身上熠熠生辉。少了烦叨，多了娴静，似乎也少了些情趣。第二类女人是女人中的大部分，通常一边做，一边指责。平常的女人都如此，我愿意做，但你不能阻止我说些什么。我大概属于第三类女人，爱说不爱做。这类女人又分为两种。一种永远不停地挑剔别人做的，指责别人没做好，自己却又不愿意去做。还好，我属于另一种，我既然不做，我就没有资格对别人所做的说三道四，除了赞美和享受，我不应该再有什么想法。于是乎，我就成了最不让人喜欢的女人中，最能让人喜欢的那一类。在可以自知自省的地方，我用语言来化解一些别人心中的小不满。春风便化成了春雨，落在大地上，滋生欢喜。

小姑子们心灵手巧，无论是织毛衣还是做饭菜，样样可用"精致"来形容。儿子的毛衣，我从来没有织过一次，每次带他出去，许多人会问他的毛衣从哪里买来的。一幅复杂的图案，被小姑子用她的巧手一针一线地缝上去，栩栩如生。一顿饭菜，精细可口，案上整洁，厨房锃亮。我忙了懒了的时候，某天我回去，家里发生了巨大的变化。知是小姑子又来了，打开冰柜厨柜，生活彬彬有礼地向我扑来，顿觉生活比诗还美好。下班时，不用去菜场劳神，不用担心营养搭配，一桌色香俱全的饭菜已在桌上。我不禁在心里说了声，家有小姑，幸福如猪。

　　自古就有"不是一家人，不进一家门"的说法，成了一家人，就必然要有吃得亏、享得福的态度。有享受的人，就必然有忍受的人；有人得了便宜，那就是有人已经认了吃亏。家，永远不是讲理的地方。家是营造温暖和爱的港湾，遮风挡雨，相扶相携，荣辱与共。

　　我是一个愿意承认自己身上有诸多缺点，并敢于把缺点坦荡示人的人，一转身，我就获得了生活的谅解。当我以一种妥协的态度接纳自身的不完美，并对别人所拥有的完美表达真诚的赞扬时，我就遇见了生活中许多的美好。一用心，一动情，生活便处处充满诗意。

看不见的仇恨

隔壁,一阵骂声传来,接着是打碎东西的声音,有一只鞋子呼地从窗口飞出。餐桌上,我们停止了笑声,但没有谁想要出去看个究竟。母亲警告我们小点声,她说,这个疯子,少喝些猫尿会死!

我知道,在造成人身伤害以前,我们必须关上自己的耳朵。那把锋利的斧头,那把沉重的大锤,还安静地躺在隔壁的屋子里。高声的叫骂,低声的回骂,此起彼伏,一波波伏下去,又一波波涌上来。我害怕那对冤家——我的伯父伯母,他们又要上演精彩动作片。

我看到伯母走过窗前的身影,心中的石头落了地。可她回骂的声音在出门那一刻高出了八度,并夹带着小跑的脚步声。伯父更刺耳的声音传出来,我听见他拉什么家什的声音,然后又重重地摔了下去。显然,是酒精的烈度让他丧失了战斗的能力。

我从窗口望去,伯母站在坡底正与另一伯母私语着什么,仿佛她的愤怒终于有了个盛放的容器。她呕心地描述着,一边用手指着她家那道门,愤愤不平中略有些担忧、害怕。她的眼睛里有种看不见的仇恨即将爆发，但又随即黯淡下去。

弟弟妹妹们在说着什么好笑的事儿，他们大笑起来。隔壁又一阵骂声，这次，我听明白了，他是在骂我们这群小鬼。母亲说："给我多吃些饭，把嘴堵上，我看谁还敢多嘴！"

父亲那天正好不在家。不知为何，这个天不怕地不怕的伯父，对于我父亲，有种特殊的感情。他高声地骂人时，只要父亲一出声："老哥哥，你悠着点儿！"他的声音顿时息鼓。而后，零星的几句拌嘴，像是急刹过后的缓冲，就一切相安了。

他骂人时，口不择言地乱骂，张口就要问候别人的老娘，别人身上的麻子、瞎子、秃头、瘸子，他样样脱口就翻人的痛处。而且他骂自己人总是比骂别人更恶毒，如果他是一个巫师，他的亲人们都将在他的诅咒里不得好死。尤其是我的伯母，她的祖宗十八代都不曾安生过。而我的伯母，只要回敬他的老娘，他立即就要动手。

有一次他站在院子里拴牛，高声地唤着伯母的名字，伯母应声慢了一拍，他张口就骂娘。伯母小声地回敬了他娘，他捡起一坨新鲜的牛粪迎面就丢去。伯母躲闪得快，牛粪重重地砸在墙壁上。夫妻俩拧仇人似的拧着厮打起来，他用脚踢，伯母下口咬。伯父顺手提起大铁锤子，狠命地砸下去。伯母晕了过去，鲜血顺着她的脸颊淌了下来,吓坏了伯父,也吓坏了我们。他套上牛车,一路小跑地把伯母送进医院,一副心疼得不得了的样子,又是忏悔又是端汤递水地伺候着。

又有一次,不知为何,他们在深夜里厮打了起来。父亲不在家,另一伯父翻墙过去,救下快要被他掐死的伯母。脸色青紫的伯母,好半天才缓过气儿来。他们这一对冤家,仿佛是前世杀父夺妻的仇人。

伯母年轻时,第一次被打,曾悲愤地投进粪池。被救出后,她慢慢地把事情想通泰了。伯母认定她是上辈子欠了他的,凡事只愿往好处去想。一个认了命的人,只能把心横将下来,忍受别人所不能忍受之苦。

他不仅骂人,还骂天,骂地,骂鸡,骂狗,一切进入他视线的东西,都有可能是他骂的对象。骂,成了他生命中最重要的一部分,如他一辈子也丢不掉的那口老酒。

父亲走后,家中失火,母亲盖了新屋。为新屋地基的事,他与母亲吵得不可开交,几次要动手打我的母亲。好在,他究竟拗不过母亲的犟劲。他高高地扬起手中的板凳或是棍棒,又低低地放下,脸上一直写满凶恶。他每天走出走进地骂,骂我死去的爷爷,那个一生都爱他的老人,也骂我的父亲,他的手足,骂我,还有我的弟弟妹妹们，骂得不堪入耳。母亲每每在这样的时刻无法忍受，一场场战争总是这样开始。所以，我阻止母亲回乡。

伯母得了癌症，起初，他是认真照顾的，不几月，又大骂出口。伯母去世了，他像一只失伴的孤雁。他没了骂人的直接对象，骂人的声音减了很多。直到他也检查出癌症晚期，他不再骂任何人了，去了女儿家，即使回来，也不再骂人。我回去，他远远地看着我，像是有话，又似无言。我不想打扰他的清静，同时，也心有余悸和悲伤，总是不愿意如小时候那样去亲近他。

犁地，他是村里的一把好手，他的犁，走过家家户户的土地。人们喜欢请他犁地，却害怕他在贪杯之后的一场场咒骂。又不能不用酒来款待他，他总是乘着酒兴，把一切不满发泄完。东家的碟大，西家的碗小，都是他骂人的话柄。一件小事，足以耗去他一整个晚上的口水。

可谁又能阻止他对一壶酒的钟爱呢？他爱酒，胜过爱这世间的其他任何一种东西，包括他至亲至爱的人。也许酒才是唯一让他释怀的东西，他的内心一定积累了太多的仇恨、苦痛，只有酒精和酒精过后的发泄才能让他放松。

村子里的人，个个都是他的敌人，又都是他的亲人。往往，他骂人的话从东家传到了西家，人们厌恶地看着他。而他却全然不在意,高兴时就要拉着人家唠叨个不停,他都忘记了昨天才骂过人家的话。

在酒足饭饱之后,他常常骂骂咧咧地扛着犁,赶着牛,向后山走去,伯母远远地在后面跟着。他手里那根赶牛的鞭子高高地扬起,时刻准备着对牛或是人表达一些他心中无法控制的愤怒。傍晚,载着满满的一牛车玉米或是洋芋,有时,也可能是一车青草,他们踏着夕阳晚归了。老两口有说有笑地把东西搬进屋里,大呼小叫地呼唤着大大小小的娃娃们,把从山间采来的野果分发给我们。

分明才见彩虹笑,暴雨又顷刻而来。一顿饭的工夫,天就变脸了。隔壁又传来骂人的声音,有时是因为盐放多了,有时是因为菜不可口了,你一声我一声地闹起来。这一切,都是酒精发作之后的显性特征。

每年清明的时候,他在老母亲坟前,细心地清理着杂草,培土,仿佛在给他的妈妈梳头。这个小村,我再没见过比他更诚心的孝子。从小相依为命的母亲,对于一个早早失去父爱的孩子,意味着太多太多的东西。他说起老娘做的苞谷饭,总是赞不绝口,他说,这村子里哪个做的饭比得过他母亲做的香甜可口呀?那时,他的脸上写满了幸福、骄傲和温柔,光彩照人的样子。

我与他的小女儿相差五天出生，我叫她四姐姐，他在高兴时哄着自己的这个小女儿，任她撒娇耍赖。他摸着她凌乱的头发，满脸胡楂地扎下去，四姐姐咯咯咯地笑着。他还唱戏给我们听，他唱："西山脚下有一家，爹妈生下仨姊妹，最宠最爱小女儿……"他会在吃完饭时指着四姐姐碗里的剩饭，强迫她吃下去，他说他吃过糠，吃过树叶，吃过观音土，哪里去找这么好吃的黄澄澄的苞谷饭？四姐姐不吃，他端过来几口虎吞下去，还做出香馋的模样逗我们。

　　他不醉的时候，跟我们小辈说他磋磨的一生。他父亲离家出走那年，他只有七岁，姐姐十二岁，两个妹妹还在牙牙学语。为了生计，他给人当童工，苦活累活做尽，冷眼冷脸受尽。一个妹妹病死，另一个妹妹当童养媳受虐不堪，在逃回家的路上被洪水卷走了。说这些的时候，他一点也不悲伤。他总坚信自己的父亲有一天会回来，他会把父亲找回来。他说："他不要我们嘛，我们还要他呀！"说到这里，他悲从心起，眼泪在眼眶里打转儿。

　　待他如亲父的叔父，也就是我的爷爷走的时候，他哭得鼻涕老长老长，头上的帽子也歪了。他脸上的大鼻子与父亲的是那么相像，唯一不同的是有道天然的细细的坎横在他的鼻梁的中间，让挺拔的鼻梁在那里稍微停顿了一下。那时我还小，与悲伤的交往不曾密切过,对于一场葬礼,如同看热闹一样,仿佛那是与自己不相关的事。父亲一直在哭,我是因为父亲哭了才哭出声来的。伯父也在哭,他说我爷爷是睡着了。两个男人的哭声,让天空失去颜色。在患难中长大的这对兄弟,他们都失去了最亲的人。

终于,他们都长大了,也都有自己的土地了。伯父珍爱这种日子,在他的土地上终日劳作,勤恳如他的那头老黄牛。秋收过后,楼上堆满了粮食,玉米、大豆、洋芋到处都是。喝下几两老白干,微醺时刻他开始唱歌。他抱着四姐姐唱:"爹爹开会开得好,开得好么春风吹,改革的土地一片绿,人民生活多么美!"听到歌声的邻

居们都来凑热闹,大家聚在一起讲着古老的故事。鬼故事、毛野人,都是故事里的经典,而主讲的人通常是他——我的伯父。

伯父家的土地真好,种什么长什么,就是别人从来没有种过的花生苗,到了他家的地里,也收成颇丰。这可馋坏了村里的小毛头们,他们总是想方设法地算计着,想要犒劳下自己的嘴巴。常常是他们快要得手时,伯父就不知从哪里钻出来了,吓得一群小毛孩子四处乱窜。

伯父就是这村子里的一个传奇,把好和坏高度地统一在自己身上,让别人纠结不已,他却由着自己的性子快活。高兴时,他是天使,他让歌声直冲云霄,孩童老人都争相参与。不高兴时,他是魔鬼,释放出鲜血淋漓的诅咒,连狗见了他都要夹着尾巴远远地走开。

昨日接到四姐姐的电话,说他走了。我心里如失去了什么重要的东西,一阵阵难过。怎么说走就走了呢?都等不及我回去看他一眼。

伯母也是去年的这个时候走的,这对冤家吵了一辈子,打了一辈子,却又不离不弃地生活了一辈子。往往才恶言相交,拳头相向,不出一刻,又听见他们的笑声。我们都习惯了他们相守相爱的方式。他们仿佛前世有着深重的仇恨,这辈子要来彼此折磨;又仿佛前世遗留下许多不尽的爱恋,要用今生来相扶相伴。

我曾与母亲说,他骂人是没有什么实质意义的,别去过多计较。可他触及了母亲最伤痛的地方。那些恶毒的语言已让母亲太疼痛,直到他死,母亲都不肯与他说一句话。可一得到他过世的消息,她就急忙从千里之外连夜赶了回来。

那个夜晚,深夜醒来后,再无睡意。原以为,这个冤家似的亲人死了,我不会有多少悲伤。打小,我是听着他不堪的骂声长大的。孟母为儿三迁,吾母的儿女愚钝,生长在这样的环境中,居然没学会他骂人的脏话,倒是在他的故事里、他的歌声中受益匪浅。他每天必喝,每喝必醉,每醉必疯。一辈子,他与人有仇,与土地有仇,也与自己有仇。而这些仇恨,无法识别,也无法看见。也许,这些都是他前世欠下的债,今生偿还清楚了,所以,他走了。

灵堂里,他友善地看着前来吊唁的亲人,大鼻子上的那道坎,比他的大鼻子还醒目。大鼻子是这个家族最重要的标志,而那道坎,仿佛是他一生的某种暗示。这个让我爱也不是恨也不是的伯父呀,就这样,过了他的一生一世!我直视着他,眼泪急急地淌了下来。这下,那个小村子没了他的声音,该是如何寂寞!

祖母的秘密

　　我从山上下来的时候，我百岁的从祖母正坐在门口晒太阳。她闭着眼睛，安详地坐着，阳光洒在她的身上，与她的无声构成一幅安静的画面。那一刻，一百年的时光，凝固成一尊雕像。我轻轻地走过去，蹲下，靠近她。她睁开眼睛，混浊的眼神中闪过一丝光亮，接着，她低下了头，然后又缓缓地抬起头来，她说我母亲的名字，却忘记了我是母亲的大闺女还是小闺女。

　　她的双手紧紧地抱在衣衫的下面，像是躲避冷风的袭击，又像是在收藏某种重要的物品。这十几年来，她始终以这样的姿势坐着。在太阳下，在阴凉处，她无喜无忧地坐着。即使是唢呐的声音传来，她也从不过问是谁家的人去世了。仿佛这个世界的热闹或是安静都不会与她相关。她只是保持那样的姿势，一直坐着。到了吃饭的时间，她接过碗，少量地咽下几口饭，又回到她的姿势里。

　　这么多年，我从不曾见过她病了疼了的样子。偶尔在深夜的时候,她会莫名地呼唤远嫁的女儿们的名字。第二天问她时,她又嫌弃问她话的人冤枉了她。她说,那分明是风吹过竹林的声音。竹林大片大片地生长在屋子的后面,每天晚上被风传达着不同的信息。从祖母彻夜地倾听着它们的语言,她知道它们的所有秘密。

多少次,我来来去去地经过她的面前,她呆滞地保持着同一个表情,一动不动。我分不清她是看见我了,还是从来没有看见过我。而她众多的孙子,自她保持这个姿势以来,她几乎是分不清楚他们的。只要他们不跟她说话,她就从不主动开口说话。他们叫她时,她张冠李戴地叫着他们的名字,或是用含糊的声音问"你是谁"。问的次数多了,大家就把她当成了雕像。

这一次,我有些冒失地想要与她亲近些。我依偎着她坐下来,用手掰些糕点喂她吃。她用牙床上下左右地动着,终于咽下去了。再要喂她,她摇头。我把手伸向她,她也高兴地伸出两只手,随即又缩回一只手。动作的迟缓,让她的秘密在阳光下暴露了。

几张卷着的百元大钞,在她的手心里被紧紧地攥着。我忽然意识到自己的鲁莽,却不知该如何去补救。哪知,这个一直有些思维混沌的老人突然清醒地说话了。她说:"这些都是亲戚给我的,我是用不上了,留着,也是你们的。"然后她用另一只手去寻找旁边的拐杖,像是一个做错了事情而又要装作理直气壮的孩子。我知道她的话不是说给我听的,是说给她的儿媳听的。

  我想起了我的祖母,她九十高龄过世。她在去世之前,对钱也如此重视过。她总是小心地用手帕把钱包起来放进贴身的口袋里,走到哪带到哪。当上千元的钱丢失时她又懊恼不已。尽管她哪里也去不了,但她一直保持着对钱财的莫大的兴趣。某人给她钱物时,她会念叨很久人家的好。她甚至在母亲不在家时,悄悄变卖

些用不上的家什。但对于首饰,她总是极度珍藏。她收藏饰品的地方很古怪,有时是一只破旧的箱子,有时又是沾满灰尘的瓦罐。我的祖母,把那些东西当作她最大的秘密。

透过从祖母脸上的皱纹,我还看得出她年轻时美貌的痕迹。养尊处优了一辈子的从祖母,她的皱纹不是作家们描述的那种痛苦而深刻的意象,而是一种如丘陵般平和舒坦的细密曲线,沧桑中带着美丽,皱纹里既看不出痛苦,也见不到幸福。她就像墙壁上挂着的一帧图片,而有时候,我又觉得,她像一部长长的小说。她的心里一定收藏着这个村庄最久远的秘密。只是,那些秘密都不再是秘密了,它们远不如她手心里紧攥着的那几张钞票。

从祖父是个不折不扣的书生,生在农村,长在农村,却一辈子也没下过田地。他戴着个黑边眼镜,两手背在身后,手里握着一本发黄的书,或是一把猪菜,目不斜视地从院子里走过。美人与书生的故事向来是故事中的精品。他们之间的故事一直是村庄里公开的秘密,被风传送得久远。

百年前的鲜活,在百年之后,注定只是一种传说。就比如祖母手中紧攥着的那几张钞票,其实它们现在对于她而言只是几张废纸。从祖母之所以不愿意放手,是因为她一直想握住从前的岁月。曾经,她的生活是安定的、优裕的,甚至她可以拥有与别人不一样的爱情,那种被书生称作是红袖添香的日子。在村庄里,这必定可以代表一种高度,一种可以被别人羡慕的高度。

从祖父遗留下一本书,一本天书。发黄的扉页上写着一个久远的年代,书的材质是绵纸,就连装订的线也是用绵纸捻成的线。他用洒脱遒劲的笔力,描述着一个村庄乃至一个姓氏的来历。我翻开它,犹如翻阅一个家族的秘密。我从父亲一代追溯回去,不知过了多少代以后,突然看到了一个古老而著名的帝王的名字。若不是这样一种记载方式,我是无论如何也不会相信这个事实的。且听人说这类事时的第一反应,总是有攀龙附凤之嫌。

这样的故事,从张家到李家,都有说法。难道,这散落的村庄里,都是些有来头的子民?不论多荣耀的过去,经过一百年的沉淀,它们都成了泥土,成了大地的一部分。书上记载着的这些远祖的光环,到了今天,也就成了我的从祖母手中的那几张钞票,成了不是秘密的秘密,看似贵重,实则也无多少实质的用处了。

向来,秘密只存在于每个人的内心里,体现着某事对于某人的重要性。村庄的秘密被记载在一本书里,我的祖母们的秘密都放在自己的手心里。许多秘密,在别人眼里也许算不上是秘密,只因自己太在乎,所以成了秘密。人老了,最大的秘密也许就是一只破旧的箱子,更或许是口袋里装着手心里握着的几张票子。在她们看来,身边存留着些钱财,就是给了自己安全的保证。安全,成了秘密的一把锁。我的祖母和从祖母都想拼命地锁住它。

长在心上的洞

> 我心上的洞,是生活的钉子钉下的印迹。在流血和疼痛过后,有的结痂长疤,痊愈如新,有的长成一棵树的模样,有的变成一个人的形状。
>
> ——题记

1

我从这家简陋的乡村医院门口经过的时候,疼痛一阵阵侵袭过来,那个长在我心上无法填补的洞正在一点点扩张,它向着我的肝脏、肾脏、呼吸道、泪腺挤压过来。一时不能承载我身体重量的双腿弯曲在地上,我看见了地板上滚动的泥珠子,像初落急骤的雨点。

父亲的生命就是在这里停止的,五十三岁,正是人生壮年。在此前,死只是尘世的一副假皮囊,与父亲生机勃勃的活毫无交集的可能。猝不及防的一声惊雷,父亲在人间的笑容就凝固成一张年轻时的相片。我握着他渐渐冰凉的手,感觉整个世界顿时坍塌成瓦砾。那些狼藉的碎片迎面飞来,切割着我身体的每一个部位,我瘫倒在地上,成为狼藉的一部分。

这些年,我害怕从这里经过,可这是我离开或是抵达家乡的唯一通道。有一次,我看见一个戴着灰白色鸭舌帽的中年人,嘴上叼着一根旱烟锅,背上的花背衫里兜着一个调皮娃娃,正在一片络腮胡里微笑。我像是看见我的父亲还活着,他从来没有离开过我,他活成了千千万万个父亲的模样,正在过着人间最普通的生活。在春天他们都要播种耕地,秋天要收割忙碌,闲时赶街子,雨时抽几锅烟,冲几回壳子,养大儿女还要带孙辈,直到不能动弹,躺在床上。造化好的人不折磨亲人,眼睛一闭就"成仙"了。造化不好的人,折磨自己也折磨亲人。乡间在骂人时,最恶毒的一句就是"让你不得好死"。好死,在某种意义上成了一种修行的造化。

这么一想的时候,我心上掩盖在洞口的鳞片就一片片往下掉落。我的父亲在活与死之间,走得那么匆忙。那是一个毫无征兆的周六,六月初四,我们都不知道死神正在窥视着父亲的生命,它狠心地不留给我们一丝一毫的机会。

耳畔顿时又响起我的亲人们撕毁自己的声音,排山倒海的哭像一场突发的海啸。我扑在父亲的胸膛上,急切地呼唤:"爸爸,你醒醒，爸爸，你醒醒……"他一直闭着眼睛，像是才进入沉睡。父亲沉睡时是要打鼾的，我多想听见他如雷的鼾声响起，在半个时辰后，他就会醒来，说要喝一杯浓茶，要吃两杆旱烟，要呼噜噜吸一阵水烟筒。我祈祷天地，赐予我奇迹，让我的父亲睁开眼睛再看我一眼。如果人间有赌注生死的神灵，我要全额下注，为父亲赢来生的一局。

半个时辰过后，任人世间呼天抢地，父亲再没有醒来。醒来的是影视剧里的镜头，医生身上的白大褂像是长了许多洞，连同他镜片后面的眼睛，都成了一个个空洞。在他漠然的脸上，我看不到愧疚和悲伤，似乎是有几丝恐慌和害怕。他说："我们尽力了。"然后迅速地转身离去。我的亲人们像是这个乡村最后的绅士，他们在悲伤过后的克制和冷静，将成为父亲在人世的宝贵遗产。

人间的哭闹，除了源于伤心，还有利益的得失。而我们对于一场哭啼闹剧之后双方妥协的冰冷数字毫无兴致，在摇摇晃晃的人间，死去的应该被尊重，活着的也应该自重。这是父亲教给我们的做人的道理，道义永远大于利益纷争。那个给父亲看病的医生是一个远房的亲戚，他是在已经下班的路上遇见父亲又折回医院的，我们永远相信他绝不会想要谋害父亲的性命。

父亲说："为人不做亏心事，半夜狗咬心不慌。"这与我的继祖母说的"人眼不见的地方还有天眼能见",殊途同归于慎独的道理。但他一直笃信的"好人自有好报"的说法,在他身上还未曾得到一点验证。父亲幼年失母,中年离世,一生勤勉善良,开朗豁达,笑口常开。他说他要活到八十八岁,头发胡子白完了,儿孙满堂,绕膝承欢。他养育的四个孩子,一个个飞出农门,成为乡间教育孩子的楷模。一路的辛酸他品尝着过来了,一路的甘甜他一刻也来不及享受。他说等我肩膀上的担子不重了,弟弟妹妹们都有了自己的饭碗,城市"蜗居"按揭的压力也减轻些的时候,就真要带着母亲去北京看看天安门,看看他最敬爱的毛主席了。父亲说这话的时候,正在昏暗的灯光下洗着脚,灯泡的瓦数极低,是为了节约一些微不足道的电费。我把盆里的水端出去倒了的时候,父亲仿佛看到了他未来可以享福的日子,说儿女孝道,都是祖上荫积的德行。

  我常常在一些场景里让记忆复活,另一端口的理智就拉扯着我去抵抗它。要么悲伤成河,要么逆流而上。在手忙脚乱的一阵抵抗之后,身体里残存的理智有时就会片甲难留,开始进入"我是世界上最可怜的人"的悲情里,刹那间陷入眼泪的旋涡里无法自拔。

  我在黑暗里行走的时候,一个念头就切割了我的思绪,我想起了抬着父亲回家的那个夜晚。风雨凄凉,万物哀伤,我分不清雨水和泪水的流向,我辨不明天空与大地的距离。黑压压的天空覆盖着黑压压的大地,几只手电筒在夜光里悲泣。父亲的一只手无力地垂下来,像是要与人间作最后的道别。父亲没来得及交代一句话,他以为他胸口疼痛去医院打一针就好了,就像我的继祖母一生都在心口疼的老毛病里挣扎,每一次都能药到病除。

我去爬山时,正是微雨初来,天空暗淡时,我就想起了送父亲上山时的情景。白茫茫的孝服,凄凉凉的心绪,我们像是木偶人一样,在道士喊天灵地灵的仪式中,完成撕心的送别。从此

以后,父亲的肉身就要化成大地的一部分。父亲的棺木从我头上经过三次,我匍匐在地上任涕泗滂沱,我知道这是我最后一次与父亲的亲密接触了。而这种亲密,是一种尖利的硬伤,以刺穿身心的样子存在。从山上回来,举目空空的家里,没有一丝生机,我的身心在那一刻彻底苏醒。我开始意识到,接下来的日子,我就是没有父亲的孩子了。一种对往后生活的深深恐惧向我扑来,我的心陷入了悲伤和恐惧的深渊,像是心上长出许多大大小小的洞,又有无数只虫子正在撕咬着蚕食着。而我必须强忍着疼痛,站成一棵树的样子,为这个家庭遮风挡雨,用父亲教给我的道理行走于世间。

我们全家吃饭的时候,总要默默地多摆上一副碗筷,每叫一次"爸爸吃饭了",都是含着眼泪忍着心痛。窗外,仿佛有父亲闪过的影子,打开窗子,又不见了。夜里仿佛听见父亲咳嗽的声音,仔细侧耳,只听见风吹过竹林的声音。闲坐在一起,各自向隅,处处失色。谁也不敢说有关父亲的一切,可谁都无法绕开关于他的一切。那些长在心上的洞,就一次次被扒开,一次次流血,直到它们化脓扩张挤在一起,打通无数个细密的洞,长成了一个大大的洞。

那些日子,母亲最爱埋怨父亲是个狠心人,丢下她一个人在人世。母亲说:"死了的人可怜,他倒是一甩手就走了,留下一堆活路等我一个人去掏。其实,活着比死了更可怜。活得痛苦的时候,就特别羡慕死去的人。死了,世间就一了百了了。"母亲分明是想用坚强的语气,恶狠狠地埋怨父亲一气儿,不等话说完,她的眼泪就掉了下来。

父亲的墓地在山后面那片平地上,墓前是一块宽阔的土地,四周所见,全是青山。他曾在这些土地上耕作,直到他也成为土地的一部分。墓地里埋着我的根,这边是爷爷奶奶,那边是高祖父。父亲活着的时候,我曾向他打听过高祖母的下落,父亲语焉不详。一个不能寿终正寝且尸骨不存的人,必然有着悲痛、辛酸的历史。然而,残缺已成为生活的一部分,就连悲伤也被岁月带走了。活着,是一件前仆后继的事情。

父亲在世的时候曾说:"这个大闺女有操不完的心,分明是个女儿身,但事实上她才像我的大儿子。"从弟妹们的读书到家里村邻们的冷暖事务,只要是父亲吩咐的,就是我要执行的。父亲常以我为骄傲,他最爱津津乐道的是我在学习和工作中参加各种比赛取得的好成绩。是父亲一直在助长我的热情大方,鼓励我乐于助人,他还对我路见不平时的仗义甚感欣慰。在母亲喋喋不休念叨我出门在外的安全时,父亲总以为吉人自有天相。

当悲伤成为一个家庭的共同隐痛时,我们需要的是互相依偎互相抚慰。然而,这常常会使伤心叠加而无限放大。许多断肠人,应该各自在天涯,独自舔舐伤口,让孤独中的隐忍和绵长的时间成为治愈伤痛的良药。

后来,我看到了一个佛家的故事。一个失去孩子的母亲,终日以泪洗面,抱着孩子的尸体不肯安埋。她不肯听谁的劝告,沉浸在自己的悲伤里,觉得天下人都要与她同悲。有人让她去找佛陀,说他能使她的孩子复活过来。佛陀告诉她,如果她能去山下的村庄里,向没有失去过亲人的人家要回一粒芥菜的种子,他就能使她的孩子复活。她走了许多村庄,去了许多人家,但没有一户人家没有经历过失去亲人的悲痛。她回到佛陀身边,开悟成佛。这个故事像是谁递给我的一粒速效止疼丸,我在别人的痛楚里反观自己心上长出的洞。既然每个家庭都有自己的疼痛史,那么生与死就是自然的一部分。只因他们是我们的亲人,我们就在悲伤面前丧失了心性。事实上,即使我的父亲活到一百岁,当他离世的时候,我也一样会悲痛难忍。这早迟到来的事情,只是一场生命长长短短的圆满。每一种死都是向生的,每一种生都是要死的。就像父亲墓前的草,在枯荣之间,完成生死的轮回。

得到启悟的内心,渐渐回归平常。像盛开的棉花,包裹着人间的温暖。我像父亲活着时那样,为乡邻亲戚们的贫病辛苦奔走,为侄男外女们的上学打工操心。在我视线所能抵达的地方,做一个生活的有心人,并且坚信自己先做一个好人,就会遇见更多的好人。

2

生活总是在不期而至的悲喜里,让人洞见自己的心性,铺开未来的日子。我知道我将成为一面墙,挡住这个家,迎击风雨,撩开迷雾。

上天就像是要考验我作为一面墙的坚韧一样,扑啦啦就飞来了一个个横祸。

我是在凌晨接到母亲打来的电话的,在鸡鸣狗叫的嘈杂声中,我明白了一场大火正在吞噬我的家园。在离家还有十多里的地方,冲天的火光像在叫魂,我恨不能把车当成飞机,一分钟就飞到那个小山村里。一河一坝的猪牛羊的叫声,急促促的呼叫声。在火焰直汹汹扑过来的地方,我看到了我的母亲正在后沿墙边抢救她的粮食,她拼命地把它们抛向窗外。她在我的哀求声中放弃,才出得门来,门就在火光中轰然倒塌了。母亲在哭,我比母亲哭得更厉害。失去一间房子,我可以再建造,若是失去母亲,我又去哪里找回呀?

财物的损失,远在身体之外,我们可以通过劳动的双手去换取。母亲常常看着正在建造中的房子发呆,白发飘荡在秋风里,人生的沧桑顿时有了依附。若是父亲安在,这大厦的高梁就会安然妥帖。在这么想的时候,心上那个洞就开始隐隐作痛起来。我转过身去,背对着母亲,看着山后面这座叫"凤凰山"的峰峦,想用心向它祈祷些什么。

接下来的两年中,外婆和继祖母的白发也相继埋在青山。她们都是寿终正寝的善果,唯一的遗憾是她们在人世经历了白发人送黑发人的人间悲剧。她们的离开,是自然规律。我哭她们,在哭她们的时候,只要想起父亲,更多的悲伤就一直往我心上粗暴地钉着钉子。

在我不能承受肩膀上的重量时,我常常会产生一种错觉,觉得失去父亲的家庭,就像一座根基不稳的房子。在母亲不断放大的悲伤和天性爱发散的思维里,她太像一只想牢牢守护自己孩子的母鸡了,每一个风吹草动,都让她惊恐不安。她身上的不安,像是一根燃烧的引线,迅速传导到她的孩子们身上,以致在每一个夜晚的电话铃声里,我浑身颤抖,一次次地掉进心上长着的洞里,万劫余生。

太多的事件,太多的惊恐,已经严重影响了我的健康。大把的头发掉在枕头上，彻夜的失眠让日子变得难熬。直到医生的一场误诊，我以为我的生命就要走到尽头了。我误认为所有的肿瘤都被叫作癌，它会一点点掠夺我的肉体，直到我痛苦地闭上眼睛。我没有为自己掉下一滴眼泪，死已经成为活着的一部分。那一刻，我想起了我可怜的母亲，她将一个人承受人世的所有苦难。上天待她太薄情，要让她在短短的时间内，失去自己最亲爱的丈夫、母亲和女儿。至于我的孩子，最多是受些后母的责难，他总是会长大的。我居然有了人世将要得到解脱的况味，生茫茫，死淡淡。当知道只是一场误会时，我一边拍手庆幸，另一边又滋生出些丝丝缕缕的遗憾。

在后来的几年内，我发现我没有了眼泪，任我遇见何等凉薄悲哀的事，我总有办法跨越过去，以一种笑对生活的态度活着。更像是我的去了另一个世界的亲人们在保佑着我一样，日子慢慢地一天天风调雨顺起来。逢佳节时，偶尔会在梦里与他们相遇，依旧是从前其乐融融的样子。醒来一阵怅然，旧伤暗发成洪。那个长在心上的洞已被无序的日子填充了许多，那个疤痕依然醒目，它会在晴天雨天，不定时发作，隐痛。我愿意把它的形状想象成一棵树，枝繁叶茂，伴随着我的心跳活着，给氧，给力，观人世，观自在。

直到有一天，我的母亲在体检中查出脑部的肿瘤时，我的心顿时掉进又一个黑洞里。我不知道命运宣判的结果会是什么。我瞒着母亲,带着那张片子辗转于各大医院,希望有妙手可去除她脑部的坏东西。当我把一切准备妥当,想让医生的手术刀还给我光明的时候,我的母亲坚决地拒绝了我的提议,以一种生死有命的凛然态度来抵抗我的束手无策。她每次去土地上劳作,都带着一个塑料袋子,那些隐藏在阴暗角落里的千里马、蜈蚣,甚至毒蛇,还有山间的剧毒草药大草乌等,它们都没有逃过母亲的眼睛。在此前,母亲用它们泡药酒治好了臀部的一个肿瘤。医生是坚持让她手术的,她拒绝了医生。或者说,自从父亲突然离世之后,她对医院的信任就打了折扣。事实上,我是希望那些毒酒能碾散母亲脑部的肿瘤的,但我需要一个期限,我不能放任母亲的固执。

半年过去了,母亲脑部的肿瘤没有一丝缩小的迹象,且常常给母亲带来剧烈的疼痛。我苦苦劝说无果,只好用近乎胁迫的手段战胜了她。勉强住进医院的母亲,却因为医生要剃光她的头发,又要与我翻脸。在生命和还能再生的头发面前,她不能分清主次。她的生硬像一把锥子,时时刺进我的胸膛里。她不是一个病人,在她面前,我是一个病人,一个心上长了洞需要缝补的病人。我的哀求和眼泪,有时是有效的,有时是无效的。我哄着捧着,也吼着咆哮着,以各种方法促使她明白她是一个病人,在一场小手术之后她很快就能好起来。

  我像一个江湖骗子一样,骗她说脑部肿瘤的位置是长得最有利于手术的,让她相信它就生长在头皮的下面。我知道所有的开颅手术都伴着巨大的风险,可我别无选择,我害怕这些坏东西会侵害母亲的性命。我已经失去父亲了,我不能再没有母亲。在手术前的麻醉室里,有一个麻醉未醒来的人尚无知觉,在我们慌乱成麻窝的焦急里,母亲是勇敢的,她比任何时候都坚强。手术中的等待很漫长,好在我们是带着母亲来投奔希望的,我愿意把一切结果都想成最好的。当医生说手术很成功的时候,我们喜极而泣,一颗悬着的心终于放下。我想起了父亲去世时医生说的那一句"我们尽力了",顿时觉得天地宽敞,人生之路上处处有绿荫,时时鸟语花香。

  从重症病房出来后的陪护里,母亲像个大婴儿,孱弱地躺在床上。当一个强势的母亲变得样样需要人时,有一万种疼被我看在眼里。我愿意她神气活现地骂我急抓火燎的性子,骂我的弟弟妹妹们做不好她交代的小事,骂我的邻居们侵占她的土地。我抬头看她,她的眼睛闭着,再抬头看她,她的眼睛依然紧闭着。氧气瓶里向上冒着的气泡,是病房里唯一看得见的生气。她轻轻地动了一下,我像是接到圣旨一样,紧紧地靠近她,希望听到她想要什么想吃什么的命令。她终于通气了,我在心里山呼万岁感念天恩浩荡。

我用温水擦拭着她身上的虚汗,测量她的体温。发现她有发烧的迹象时,焦急不安,忙着问医生,忙着查资料,恨不能一把抓掉她身上多余的热度。而我不争气的身体受了寒,开始咳嗽。医生警告我不能把咳嗽传染给我的母亲,否则会是一件后果极为严重的事。我只能戴上口罩坐在病房外面,一会儿进去,一会儿出来,像一个大脑不听使唤的疯子。母亲勉强说得动话时,她告诉我,在半梦半醒之间,我的父亲来了,她还用手指指他站的位置,又说那些死去的亲人都来了。听得我后背上的肉像是一溜溜地往下掉,甚至有种悲观迎面而来。母亲的幻觉像是一种暗示,我在这种暗示里胡乱地猜测,好与不好的结果就交织在一起,绞得我寝食难安。

在四天四夜的煎熬里,我摸着母亲的额头,她的体温渐渐正常,在亲人们的劝慰中睡了一个囫囵觉。喂母亲吃完粥后,她想要挣扎着下地。虚飘飘的身体依偎在我身上,她移动着脚步向卫生间走去,每一步都是艰难的。在完成了所有动作以后,母亲的生命像是得到另一种新生。医生夸赞她说,从没见过这么坚强的老太太,才几天时间就能下地了,还打趣说好好养身体,过几个月就能去地里挖洋芋了。她虚弱地笑了,笑得我们心花怒放。

得知检查结果是良性时,我们举家欢乐,感谢医生还给我们一个健康的母亲。往后,她要在土地上折腾,她要大声嚷嚷,她想干吗就由着她干吗吧。她的健康填补了我们心上长出的黑洞,悲伤顺着家乡门前的河水慢慢流逝了。她头上触目惊心的一条大蜈蚣样的疤痕,也在她慢慢长出的头发里渐渐隐去。

3

生活在忙碌和悲欢里,一天天过去。除却生生死死的大事,一切都成了闲事。我偶尔也会想一想爱情这件事。这大概是所有女人的通病,只要一转身,那一句"原来你也在这里"就有了注脚。可是没有人告诉我,他在哪里,没有人知道,他是人还是神。除了悼念逝去的青春,悼念已经死去的亲人,就特别渴慕有人深爱的日子。想要被一个人深深地宠着爱着,即使我变成一朵飘忽的白云,也有人愿意抱紧我。我想把生活的苦陷进一个人的怀抱里,被包裹被溺爱被疼惜,毫无逻辑,又顺理成章。不找寻不依赖,不要永恒,只享悲欢。

我不害怕死亡,我只是害怕在我临死的时候,还怀着对这个人世的深深的渴望。他最好是一个人,一个伟岸的男人,没有倾世的姿容仪态，但一定有倾世的才情，容得了我的任性，抱得动我的灵魂。时间那么宽大，世间那么窄小，我总有一天能遇见。偶尔也会有"贼心"暗动的刹那，我依稀觉得看见了一个影子。而事实上，回头去揣摩一些细节的时候，诸事都经不起回忆和推敲。一切都像是捧在手里的玻璃杯子，一不小心就碰碎了。在一个凉风起秋意的早晨醒来时，听见窗外的鸟鸣，泪就蓄满了眼窝。这一生，终是要老去死去。太多的时候，我需要穿过生活的碎渣，去修补被生活撕开的洞，去抵达自我营造的一种完整或是完美。

人总是一边受伤一边成长的，血肉凝成的伤疤，结痂之后会有新生。而那些烙印一样刻在心上的伤，一不小心就感染深重。经历过的背叛、屈辱、疼痛、生死，在未曾闭上眼睛的一天里，都会成为一个心灵上的洞，并且在合适的光照和土壤里，被吞噬，被淹没，被撕开，被放大，也被修复。在绝望与希望之间轮回，在得到与失去之间重生。

当我接到又一个悲伤的消息时，我的从容冷静给了亲人们一种最大的安全感。十一岁的小表妹因病住院，检查单上赫然写着先天性心脏缺省3mm。那些我一直觉得长在我心上的洞，从意念之中来到了现实，太像一个拙劣的玩笑。小表妹是舅舅的小女儿，舅舅残疾，除了放一群羊谋生，丧失了一切在土地上劳作的能力，舅母在我父亲走后的第二年，也因病去世了。她的三个年幼的孩子就成了这个家庭共同的疼痛，我的母亲在疼完自己的家之后，还要忙着心疼舅舅的家。这些年，我的亲人们都是这样互相搀扶着走过来的。医生说，过了手术的黄金时期，对孩子的成长就不利了，而手术的费用对于舅舅来说是个天文数字。他丢下一句"生死有命，富贵在天"，就赶着他的羊群上山去了，仿佛他小女儿的生命还不如他怀里抱着的那只刚诞下的羔羊。支付高昂医药费的责任就落到了我的头上。母亲看着我，丢下一句伤心话："我的儿呀，样样要来连累你。"

我曾简单地把一切疼痛都归因于心上长出的洞，并时时想象着它们的样子，在可触可摸的地方放大它们。如今，这个实实在在的洞，它真的长在了小表妹的身体里，等待着一场生命的判决。外婆活着的时候，一生怀着愧对这个儿子的心，痛恨自己没有背着孩子去地里劳作，以致他掉在火塘里，烧得面目全非，贻误了他的一生。为给成年的舅舅说上媳妇，外婆跑遍了周边的乡村，终于在一个破碎的家庭里见到几个智障的姑娘。外婆像是拾到宝贝一样，花大力气把其中一个接了回来，教她做针线，教她做饭菜，教她生儿育女。舅母在她有限的智力里，做有限的活路，操持和维护一个家庭的完整，却在生下第三个孩子后，撒手人寰。

长在小表妹心上的洞被医生采用先进技术缝补好了，看着手术后小表妹花绽绽的笑容，我心上的洞也像是全部被填补了一样。那些长成树的样子，或是长成人的形状的意象上的洞，都在那一刻被抹平了。我不知道明天还会发生什么。举目看山河，青山在，绿水在，灾难亦在。人间处处都有悲伤苦痛，从自然灾害到人为灾害，哪一样都触目惊心。恨不能长出千只脚，可以蹚过水深火热，安顿天降的一切疼痛。

燕子飞来

屋檐下,来了一对燕子。那时,我才几岁光景,与我一般大小的小伙伴有好几个。我们都对新来的客人充满了好奇,从它们衔泥筑巢开始,就蹑手蹑脚地守候在屋檐下,眼睛滴溜溜地盯着梁上的它们。

起初,这对燕子对我们是有所警惕的。慢慢地,它们来去自如地穿梭于堂前,我们也不再一副"不敢高声语"的样子。甚至,我和小伙伴们去河里捧回河泥,用手团成小泥丸放在窗前。我们希望可以帮上燕子们的忙,无奈常常被它们视而不见。

几天过去,燕子的新居就落成了,一个泥巴堡垒悬在梁下,看上去像一个坚实的家,它们开始安然地在屋檐下当起主人。每天看着它们飞出飞进的样子,生活就突地增添了许多欢喜。不久后,我们听到了巢里异样的叫声。"小燕!"正在吃饭的全家人一齐发出惊呼。仿佛是一个喜庆的日子,一整天家人和邻居们都在议论着燕子家的事儿。

有一次，一只幼小的燕子从巢里掉了出来，叫个不停，嘴巴上还有丝丝血迹。它可怜的小样子，真是把我们的心都弄疼了。弟弟小心地捧起毛茸茸的小家伙，站在凳子上轻轻地把它放了回去。我们让他悄悄地数数有几只小燕子，他将手轻轻地伸进去，然后又紧张地缩回来，经过几次小心试探，他向大家伸出了四个手指。

每每唱到"小燕子，穿花衣"这支歌时，心里总会有十分的喜悦，眼里心里的画面全是屋檐下那几只可爱的小燕子。读到"旧时王谢堂前燕,飞入寻常百姓家"这样的句子时,也难免会浮想联翩,莫名地激动。只因,我家屋檐下,有窝小燕子。

有一年春天,燕子们再也没回来,院子里的人们郁闷了很久。看见鸟雀飞过的身影,总要伸出头来看看,希望是它们飞回来了。遗憾的是,自那个春天以后,它们再也没来过。直到它们的巢慢慢地陈旧、脱落,被风吹得不剩一丝痕迹。

后来,我们也像那窝燕子一样,一个个地从那个院子飞走了。即使我们在过年过节时飞回,也很少有人再提及那窝可爱的小燕子。忙碌的生活让我们都忘记了童年的欢笑,直到前年春天,屋檐下又来了一窝燕子。看着它们刚垒好的新窝,我像发现新大陆一样,兴奋地打电话给弟妹们。说起童年往事时,我们都成了一只只快乐的小燕子。

母亲每次打来电话,也总免不了要说起那几只燕子,好像它们已经成为母亲的孩子。说完小燕子们可爱的身影,母亲开始讲它们如何不讲卫生,像不懂事的娃娃,整个屋檐下都是它们的粪便。忽然有一天,母亲高兴地对我说,她趁着燕子们回巢歇息时,用一根木棍指着它们的巢,用严厉的语气说,若是再不肯讲些卫生,她就要捣毁它们的巢。奇怪的事情发生了,从第二天开始,所有的燕子都只在固定的地方拉屎。原来,它们真是母亲的孩子,完全可以被教化的孩子,母亲就连恫吓的语气也颇似对待我们。

起初,我是有些将信将疑的,一再求证于母亲。直到我回去看到真如母亲所言,它们选择了巢下面的那片小小的地方,作为它们的方便区域。母亲打扫卫生比从前方便多了,她也越发地喜爱家里这窝小精灵。每到一个地方,燕子就会成为最令母亲兴奋的谈资,她一说起来就滔滔不绝。

从母亲那里,我第一次知道,燕子是听得懂人类的语言的。从飞入寻常百姓家开始,它们就习惯了在人屋檐下生活,久而久之,它们大概也真能懂一些语言吧。我一直在猜想,这窝燕子与多年前的燕子,会是同一支系吗?出去的时间久了,会不会也要飞回老家来看看旧时的亲友呢?

遗憾的是,从去年冬天开始,有一窝麻雀捡了现成的便宜,它们迅速地成为巢的主人。有了这个安乐窝以后,它们愉快地度过了整个冬天。我以为到了春天,它们就要搬走了,那本来就是别人的领地。

今年春天,来了三只小燕子,它们蹲在屋前的电线上,从傍晚蹲到第二天清晨。我看看那些麻雀,它们正欢乐地叽叽喳喳,丝毫未意识到真正的主人来了。我的心里一阵辛酸,自然界与人又何尝不是一样啊?有人鸠占鹊巢,就会有人流离失所。过了几天,那三只燕子又飞来了,它们依旧停在电线上,也许是留恋,也许是告别。第二天清晨,它们飞走了,此后,再也没有来过。我的心无限地惆怅起来。

我们也曾是"冰花少年"

去年冬天,零下几摄氏度的严寒在一个少年头上结冰"开花"。一张云南昭通"冰花少年"的照片迅速红遍全国,一时间弄疼了多少人的心。

昭通离宣威不远,同处乌蒙山系。那些年交通不便时,从昆明去昭通的车要经过宣威,那两个熟悉的字,就像是我邻居的一个名字。而这个孩子,亦像是我童年的小伙伴。我不忍多看几眼那张照片,又忍不住多看几眼,在泪光盈盈中,一张照片把我的童年翻了个遍。

我和我的小伙伴们也曾是这样的"冰花少年"。上小学的时候,我还不满六岁。去学校的路要走近一个小时,途中要过一条大河。夏天,泥泞的路上,我们把塑料布披在头上当雨具,而且冷不丁就会有平河满岸的洪水,浩浩汤汤,来势汹汹。河水冲毁过庄稼,冲毁过房屋,也冲走过大人和孩子。整整一条河流十多里的河面上,只架有一座桥,简陋残破的两根木杆摇摇晃晃,要经过它,

甚至比蹚过河水更艰难和危险。从小至大,我一次也没敢走过那座桥。涨大水的时候,村子里只有两个人敢过河水,他们蹚过齐腰的浑水,一个一个地把孩子们送到对岸。

除了涨水的时候大人们负责把我们送过河,其他时候都是大孩子带着小孩子们一路去学校。冬天,零下几摄氏度的冷,河坝上松软的泥土上都长出了马扎凌。屋檐下、门口的核桃树上、苞谷草上,到处都结冰了。村子里常年爱淌鼻涕的那个男孩子,连鼻涕都结成了冰块。我在祖母的呼唤里,极不情愿地起来,听着她每天都要说的"早起三光,迟起三慌",在小伙伴们的邀约中出门了。一出门,冷得恨不能把脖子都缩进衣服领子里。

到了河边,长流的河水依旧,只是河水小了,清澈了。过河,成了冬天里一件最痛苦的事情。村子里的孩子们没有谁穿得起袜子。脱下母亲们做的塑料底鞋子,在"扎死了,扎死了"的尖叫声和笑声中,早顾不得石头硌在脚底的疼,巴不得几大步"插"到河对岸。

一整个冬天,我们的手上、脚上都"开"满了细细的裂纹,还长了许多冻疮。好多小伙伴的耳朵上都长了冻疮,像村子里的小狼狗的耳朵,直立立的,一摸一扯,生疼!在龇牙咧嘴之后,又是半恼怒的追打笑闹。大人们就将地里的白萝卜切成片,放在炉子上烧烫后,治疗孩子们的冻疮。冻疮被烫热之后,耐受不住的奇痒更让孩子们抓挠不休。而那些长在脚背和脚脖子上的细细的裂纹就没有办法了,每一次过完河水,冷风一吹来,刀割针刺一样。有一次,我看见村子里有一个小伙伴过完河水时,有水珠子在她的小腿上,一颗颗像是会站立着不动,脚一甩动,它们就要纷纷往下掉落的感觉。一问才知,她是用了雪花膏,因为她爸是村子里唯一吃公粮的。后来我才知道,那种雪花膏叫作"百雀灵"。难怪她的腿上一直没有开裂。为此,我哭闹了好几次,才终于有了一瓶蓝盖子的百雀灵。好香的东西啊,我舍不得擦在脚上,我要擦在脸上,每天都香喷喷的。如今,这款给我最深刻的童年记忆的护肤品依然是我们的爱物,还被当作国礼送给外国友人。

村子里也有几个大孩子早起,他们拢起了一个小火盆,把一根长铁丝做成把手。有了这点火光,冬天的上学路似乎就缩短了很多,我们一路耍着笑着就去了学校。到达学校,都顾不得看谁的头上眉毛上睫毛上的冰花,放下书包就去上早操,在"一二一"的喊声中,没有围墙的校园就沸腾了起来。冷,早已被热闹打败了。从山上下来的孩子们中午是不回家的,每个班级的后面都有一个大火塘,他们把早上带来的油炒饭或是大洋芋放在火里,午饭就这么解决了。烧火的柴都是每个学期班主任带着孩子们到山上背的。学校旁边还有条从山上流下来的溪水,课间,不怕冷的孩子们还去取冰块,吃冰凌花。

老师在课堂上说:"你们要好好读书,长大了回来建设我们的家乡。"我们小小的身体,被一种叫作理想的光芒点燃了。那时,我们不觉得自己贫穷,因为心中有一盏照亮前路的小橘灯,我们对未来充满了期待。比起这个孩子,我们又似乎更幸运一些,因为我们不是留守儿童,我们有父母的爱,有祖父母的爱,尽管他们都在忙于耕作牧野,忙着向大地和大山讨要每天每年的日子,但他们一直在我们身边。朝夕相伴的日子,让每一个家庭都有温暖和欢笑。而这孩子的母亲离家了,如今的村子里,又有多少孩子的母亲也离家了?更有多少找不到对象的大小伙子在日夜悲叹?好在,这孩子的父亲有一根硬脊梁,这孩子有一个火热的理想,想当警察,想抓坏人,想报效祖国。在他的身上,我一次次地看见自己和村子里的小伙伴们的影子。

哪里都有不幸和苦难,谁的人生都无法被别人代替。只要保有一颗积极向上的心,通过不断的努力和奋斗,就能改变个人和家庭的命运。如今,党的政策阳光普照,扶贫攻坚的任务热火朝天,举国上下齐心协力,切实为改变农村贫穷落后的面貌同舟共济。上面有人拉一把,后面有人推一把,自己努力一把,又有什么样的困难是不可战胜的呢?我相信,假以时日,"冰花少年"们都会成为国之栋梁,苦难会成为激励他们前进的动力,正如我们曾经被点燃过的理想,倚着它,我们抵达自己想要的生活。

异国他乡丢了娘

　　珍珠岛上的高山快车,不仅让孩子们乐翻天,也让我娘的老心脏顿时年轻了好几岁。看着老人孩子们进了这快活林里后脸上舒畅开怀的笑,我坚定地认为,每一次带他们出行都那么有意义。尽管每一次旅行前,我娘总在心疼我花费的银子而态度极不友善地拒绝,但对付她我有的是办法。我一定会将我的银子说成像是出门中彩票白白得来的,我娘才肯放心跟我走。

　　我不敢说才一眨眼的工夫,我娘和老姨妈就不见了。大人和孩子都在尖叫狂欢中处于完全亢奋的状态,早已忘记了时间的概念。我交代她们俩坐海上缆车过去再折回来,一个多小时过去了,也许是两个小时过去了,还不见她们的影子。我心里有了点小慌乱,但一想到我娘是走南闯北见过世面的人,我的担心就高搁了一会儿。

　　从珍珠岛到芽庄市的海上缆车需要十二分钟,我第一次坐过去的时候,以为我娘就在对岸等我去接她。我坚信她足够聪慧,在遇到困难的时候不会自乱阵脚,即使在语言不通的地方,她也能连比带画地达成她的意愿。我有心赏着海面上的风景,看茫茫渺渺的海上那些生动的船只。海的颜色不那么蓝,带着几丝混浊;天空的云也不那么明晰,麻麻团团地向我压来。我想着,我娘和她的老伙伴,两个人就在对面的某把椅子上坐着,等我去接她们。

当我来来回回地在海面上转悠三次,在任何一把椅子上也找不到我娘的时候,巨大的恐慌向我压了过来,我不敢再有乐观的猜想。这是在异国的土地上,两个老太太连普通话都说得不溜爽,万一有个三长两短,接下来的日子我就没法活下去了。我越想越害怕,害怕到双手颤抖。我还不敢告诉我的家人们,我更害怕所有的人掺和进来,那样热锅上的蚂蚁们就会全乱了心智。

茫茫的海上,我有种叫天不应呼地不灵的无助。惊慌失措、六神无主、痛苦、绝望这些词都不足以形容我臆想过的一百种结局。如果,如果我真的弄丢了娘,这可不是我一个人的娘啊,我以后还能活下去吗?还不如从这高高的空中坠落到海里喂鲨鱼来得痛快。可是在未知我娘的下落之前,我得拼尽所有的力气去找她。

我拿着手机里的照片,用夹生的英文与工作人员交谈,终于弄清楚,两个老太太坐电瓶车去了另一个码头。悬着的心总算放下一点点。我嘱咐朋友去酒店看看,会不会两个老太太已到酒店里了。整个世界都在我的慌乱里颤动不已,找不到一个可以坐下来喘息的地方。手机的电量仅有百分之三了,我娘还不知下落。又有一种要与世界失去联系的恐惧席卷过来。

我站在码头上,设想未来会出现的惊喜和不幸,思绪在旋涡里不停地打转儿。我的手机响起的时候,我像是得到了神的救赎。得知两个老人正安坐在大厅的椅子上时,我的眼泪稀里哗啦地落了一地。站在异国的街头喜极而泣,顿时觉得越南的小草都在向我微笑。此时,距发现娘不见了已经两个多小时,孩子们还在各种玩乐里狂呼大笑,全然不知我的世界曾经坍塌过。

在电话里交代朋友不能说一句埋怨的话,找到就是最大的幸福,这是我们的疏忽。我怎么能为了管孩子,就放心让两个老人独自去坐缆车呢?真是猪一样的队友,猪还不如的自己!

我娘见到我,第一句话就说:"你这个白啦啦的憨货,就不会想着我们回到酒店了吗?害我们在这里等了那么长时间。"上帝,她还嫌弃我!见我泪痕未干,眼泪在眼眶里打转儿,她的口气才软下来了三分,说:"两个大活人,怎么可能会走失掉嘛!这也值得哭?"她说得轻松,我听得怄气。熄灭下去的火焰一下就燃了起来,我又硬生生地咽了回去。好吧,她有理,她永远都有理。

当我娘坐在灯火辉煌的西餐厅里,一边吃着海鲜,一边眉飞色舞地向我们讲述事情的经过时,那神情倒像是孩子们对新奇事物的兴奋,几乎到了极点。我顿时觉得老人与孩子是同一特征,他们甚至想在恐怖片里寻找些刺激。

原来是因为工作人员要查岛上的房卡,她们的卡没在手里,就被请了下来。还好遇见一个会讲中文的人,把她们带到我们登船的码头,工作人员让她们写了自己的姓名,查询到酒店,才用快艇把她们送回的。我娘说得轻松愉快,我听得神思恍惚。好在只是虚惊一场。我脚酸手软地躺在五星级大酒店松软的大床上,把绞在一起的心和肝慢慢梳理通泰了,脸上才有了些鲜活的气息。

当飞机降落在长水机场时,深夜的灯光里只有乏累,我叫醒熟睡的老人和孩子。心和身终是安定下来,这一次惊险的旅行终于结束了。我得好好养养我受伤的灵魂,等伤疤好了以后,我才有勇气带她们飞向另一个地方。

我喊你爹的名字

我妈正在喂猪的时候，听到村前头我大弟大辉和小弟大斌的哭声，她没来得及放下手中吆猪的棍子就飞也似的奔了去。我紧跟在后面，像一阵风一样紧随着我妈。竹林脚下，我的两个弟弟正与村前头结巴大爹家的两个儿子大猛和大胜混战，我妈呵斥了几声，还是停不下来。她三步并作两步走了过去，推推搡搡着把四个孩子拉扯开。我的两个弟弟像是得势了一样，凶巴巴地要上前再战斗。紧接着结巴大爹大妈也赶来了，手里还拿着打人的跳脚米线条子。他们的两个儿子在见到他们的那一刻，顿时气焰老高，跳起脚来要飞踢我的弟弟们。没等我妈开口，结巴大爹的大手已揪住其中一个儿子的耳朵，另一个儿子吓得赶紧躲到他妈后面去。结巴大爹说："你、你、你这两个豺狗吃的，一、一、一天到晚在外面净给老子惹祸，看、看、看我不打死你们喂豺狗去。"

结巴大爹的每一句话第一个字总是说得特别吃力，所以全村人都不避讳这个，叫他"结巴大哥"，我们也在背地里悄悄叫他

"结巴大爹"。结巴大妈开始数落起大爹来，她说："你这个天杀的，人家护着自己的娃娃，只有你胳膊肘子全往外拐。你给我赶紧放了他，你要是把他的耳朵扯聋掉，我就死给你看。"说着说着她就哭了起来。结巴大爹一条子打在大妈身上，大妈用头撞过去，说："你打死我，你打死我吧。"我妈吓得赶紧过去拉开他们。两个人像斗红了眼的公鸡，四只眼睛里只见满眼的萝卜花，大爹气势汹汹的，大妈更是要死要活的样子。这样一来，我的两个弟弟顿时止住了哭声，本来是孩子们的事，一下就变成大人的事了。他们像看热闹一样在旁边看得起劲，哭的也不哭了，骂的也不骂了。

我妈说："大哥大嫂，你们别吵别打呀，本来为了娃娃的事，各家拉开各家的就行了，我也不是什么护短的人，该是我教育他们的，我一定不会手软。"然后我妈把她的两个儿子拉到前头，用手指着脑门问，"你们为什么要打架？"大辉、大斌异口同声地说："他们喊我爹的名字。" 大猛和大胜立刻用高出八度的声音说："是你们先喊我爹的名字的。""你先喊我爹的名字。""是你们先喊我爹的名字……"他们又闹成了一片。

大人们一个看着一个，这是多小的事情啊，名字不是用来喊的吗？但在村子里，小辈是不能叫长辈的名字和尊号的，就像林黛玉避讳母亲的名字那样，仿佛说出来就是一种大不敬。大斌说：

"明明是大猛先叫我爹的名字,后来还叫了我爷爷的名字。"然后又是一片激烈的争吵声。我听出来了,他们吵架的起因是,在一起玩的时候,玩不到一起了,就叫人家爹的名字玩。一玩就上了火,然后各人的爹和爷爷们都跟着一起遭殃。我妈和我大爹觉得这些小狗儿太搞笑,他们说:"叫哈就叫哈了,又不是叫得掉一块,叫得瘦一斤。"

事实上，小伙伴在生气之前的先礼后兵里就有这么一句："你若再这样，那我就喊你爹的名字了。"在村子里，一直都是这样。我爹的名字是让长辈们叫的，若是晚辈叫了，就是犯讳了，我不生气就证明我失掉了自己的尊严，还失掉了我爹的尊严。

在平息了结巴大爹夫妻二人的战斗之后，我妈又好气又好笑地对她的两个儿子说："我要忙着去关猪了，你这两个喜鹊老娃（乌鸦）啄的，别还痴鹦哥地站着，赶紧给我回家去，等老娘手得闲再收拾你们。"我妈小跑着回去关她的猪了。我拉着弟弟们回家，这两个家伙还一副极不情愿的委屈模样。想着我妈回去要收拾他们的话，他们就开始一挤一挤着眼睛，眼睛里零零星星地淌出几滴眼泪。他们还转过身去恶狠狠地瞅了两眼大猛兄弟俩。只见大猛龇着牙齿小声地说："你给爹小心点，下回我要你们死！"大妈也红着眼睛瞅着我们，一副要为儿子壮势的感觉。结巴大爹一声："给、给、给老子回家吃饭克（去），我、我看谁还敢惹事，别、别、别给老子作死路！"我们纷纷回家了，围观的人也都回家了。

一进家门，我妈果真还是气不消的样子，但没有想用条子抽他们的意思。她说："你们两个死不自觉的，跟你们说过多少次了，惹不起的人别惹，你们就是不肯听，你看，见功夫了吧？还好这个是小事，若是大事，人家兄弟六个上门来都会把你们招死！"我妈说这话时，我才想起他们家凶上门去打村子里别人家时的情景。最厉害的一次也是因为小孩子们打架，比"喊我爹的名字"这种更大一些的事情。结果，结巴大爷带着他的儿子们，硬是把我另一个大爷的吓得躲进柜子里的儿子拎着耳朵提了出来，一副要死要活凭他所断的样子，着实吓坏了我们。若不是我爹及时制止，险些误了人家娃娃的性命。我妈这么一说，我这么一想，确实有些怕了。但我弟弟们声音大得山响，一副天不怕地不怕的样子。大斌说："他们家狗多势众，莫非要上天哟！等我长大了我也打上他家门去！"一边说还一边用身子挨了下他哥哥大辉，说，"哥，我们一起去，我就不相信个个要怕他家。"我妈说："哪个再给我声音大，怕是连饭也别想吃了。"

才到第二天，我又看见这几个家伙一齐背着箩上山去了，有说有笑的样子，一点也不像昨天"喊我爹的名字"的那种阵势。但我大妈挑水从我家门前经过时，拉长着个马脸，脸色难看得像是要拧出水来。我妈正在院子里洗衣裳，喊了几声大嫂，她只是极不情愿地答应了一声。

有一种疼,叫作你以为他疼

窃以为世间的疼,大概分为两种:肉体的疼和精神的疼。凡是能以流血流汗的方式产生的疼,都来自肉体。在止血止汗后,疼痛渐轻。凡是能触碰心灵的隐秘,让精神产生震颤,继而要让后事之师发生深刻变迁的疼,是精神的疼。前者好了伤疤就忘了疼,后者以镌刻人生的姿态影响一个人的人生。

可是近来,我像是恍然觉得世界上有第三种疼。我莫名地在深夜里醒来时,倏忽心疼,好像一溜儿的肉往下掉落,掉得周身发凉。我能清楚地感知,这种疼既非来自肉体,也不是来自精神。它常常让我产生一种类似于幻灭感的虚空,正当我想仔细感知这种疼感时,它倏忽又消失了。一瞬间,泪水盈满眼眶,像是天地都要与我为敌。

有时,我是一个沉溺于某种情绪的人,任性地放大一切悲伤、一切欢喜,甚至是放任冲出闸门的眼泪。沉溺之后的收敛和自拔,又特别需要另一种事物的引导和启示。

某天我开车经过月牙湖的时候，有许多海鸥停歇在护栏上。我喜欢这些飞舞的精灵，它们让我居住的这座小城充满生机和灵性。每年冬天，它们从西伯利亚飞来，在月牙湖畔栖息。我喜欢在早晨或是傍晚，约上三两好友，或是一个人开车，慢慢地经过它们的身畔。忽然，我看见了一只海鸥，它用一只足支撑着身体，安静地立在护栏上。我的心在那一刻忽然疼了一下，像我在深夜里常常涌起的疼。

泪腺里潜藏着的液体开始不安分起来，我想它飞越万水千山，躲过风霜雨雪，才来到这座温暖的小城。一路上，它该有多疼呀。我甚至在心底一万遍地诅咒那个让它受伤的人，他应该历经人间的种种疼痛，才配得上对一只海鸥的忏悔。

就在我的同情和爱心四处泛滥的时候，它像是受了什么惊吓，突然就飞了起来。令我惊奇的是，我看见了它的另一只足轻松地放了下来，它欢快地飞向了它的队伍里。这只是一只贪玩的海鸥，它站累了，玩个金鸡独立的姿势。它把另一只足深深地收藏在丰满的羽毛里，让我误以为它残缺了一只足。

我被它的表象轻易地蒙骗了，刹那间，我对自己一厢情愿而廉价的同情产生了无比的厌恶。可是转念一想，这只海鸥从未告诉过我它疼了，只是我觉得它疼了。因为爱它，所以自以为是地想疼着它的疼。

　　我仔细思量才发现，那些我常常在深夜感知到的皮肤和心脏往下坠落的疼，也只是我以为他疼了。在我能看见的地方，我以为

他应该疼了。事实上，谁又能代替谁去疼痛呢？但凡能为一个人而感知疼，总该是动了真情的。疼他，才是爱他。所以，不是真爱的疼，就收起来吧，放在胸腔里，只为那些与你打断骨头连着筋的疼。若是真的疼了，真的难了，再伸出手吧。不过要记住，雪中送炭的小恩情远比锦上添花的大恩情更能让人感念一生。也就是说，爱和善良都应该用在真诚的地方。

在一只孤独的海鸥——不，也许只是我以为它孤独——身上，我忽然就顿悟了，我总是以为别人怎么样了，到了后来才发现别人安然无恙。倒是我在自己的自以为如此里，有病有恙，有疼有痛。一只不能言的海鸥告诉了我，就连我亲眼所见的都不一定是真实的，更别提那些用耳朵听来的。

那些我以为的美好，在更多的时候，不过是刹那花开。刨开泥土，我看见了下面腐朽的根。此后，但凡风雨，只等尘香花尽。我对于许多事物的羞愧，像一炷在佛前刚被点燃的香，明明灭灭之间，看见烟火，闻见清香，亦能感知燃尽灰积时的哀伤。好在，我终是在哀伤里看见了我的幻灭。我以为的疼，终是一场幻灭。幻灭之后，万物寂静。

西泽,有一个叫大咪咪鼓的地方

在云南宣威这个地方,人们每每提起西泽,总是要说一句西泽盛产美女,然后说白糖、柿花、竹林,最后难免要语气暧昧地提及两个地名——大咪咪鼓和小咪咪鼓,不引得一阵大笑仿佛就不足以证明这两个地名的与众不同。

起初,我是有点蒙的,不就两个地名吗?就像你可以叫二狗,他可以叫铁蛋一样,只是一种辨识方法,是区别此人与他人、此地与彼地的有效方式。人说西泽有两个好听的地名时,我还一度猜测是诸如和乐、和睦、睦乐、戈平、石城这些优雅和谐的地方,或者是拖那红、宝红卡、铜鼓箐、下马嘎、色色红这些有点文艺气质的地方。

在他们暧昧的笑声中,我回头仔细想了下这两个地名,一时也琢磨出了些端倪,忽然就原谅了人们的善意的玩笑。人们对一些身体部位难免保持高度的兴致,在人类的繁衍过程中,正是这大功臣哺育了人类。大俗大雅中,鉴于人们的兴趣所在,这两个地名就成为特别的存在,十分有趣又朗朗上口,还别开生面,也可以让它们传播得更广泛。这么一想,我就开心起来。丽江明晃晃地打出暧昧的招牌,成为艳遇之都、温柔之乡。我们这与生俱来的地名,为什么就不能成为响亮的自己呢?我生怕有一天,哪一级组织为了表示严肃清正,就擅用权力更改了它们,改成它们原来拗口的老名字,什么"大米幕谷""小米幕谷"。

正在我担忧之时,美丽乡村建设中的村子标识亮出来了,蓝底白字,醒目地改成了他们认为

的雅。竹林、银杏、笔直的路，及我略带忧伤的归途，每一次都以不同的方式扑面而来。一个出嫁的女儿，终将是故乡的过客。我在传统礼教中，拉紧自己的衣衫，不想再多言一句。

写一些内心的文字，交给时间。一直认为，俗成的东西不需要被约定，老百姓喜欢，叫得响亮，就有了不同寻常的生命力。我以它们为骄傲。一次次地，在有人问及我的"原产地"后，又以试探的口吻问起西泽这两个好听的地名时，我脱口而出，毫无扭捏之态，人们还是一阵大笑。我说我家就在大咪咪鼓上面那个村子，又一阵大笑，就像这两个地名是长在他们身上的痒痒肉，一挠就笑了。

对于此等物事，我常常像一个豁出去的老掌柜，开店，不怕遇见大肚的罗汉。既然你喜欢，就当是挠痒痒吧。西泽一直在，大咪咪鼓和小咪咪鼓也会一直在。笑永远比哭好看，能让人开心的事，应该多多益善。心一横下，还曾这么想过，如果有一天，西泽成为旅游胜地，这个村子需要一个广告词的时候，可以这么说：你来，我让你乐个够！

在乡村长大的孩子都知道，我们小时候吃母乳，会被叫作"吃咪咪"。多么亲切的咪咪呀！我们都是被母亲甘甜的乳汁喂养大的。如今，断了奶，倒是羞于提及乳汁给我们的大恩惠。我曾看到过一张照片，多少年了还在脑海中萦绕不去，一个年轻的母亲露出整个乳房正在给孩子哺乳。多么美好的一幕呀！生命的神奇和延续，爱的伟大和纯粹，让人毫无邪念。我们应该尊重生命的来源和去向，这是人活着的尊严的一部分。

之所以羞于提及，或许正是因为对自己不够尊重。更有甚者给我讲了一个故事，说有个大咪咪鼓的女人来城里办事，人家问她是西泽哪里人时，她一直捂着嘴巴笑，就是不好意思说出那个地名。这个故事虚构得离谱，自己的衣胞之地，自然而然就吐得出来地名。就像我从小就听习惯了说习惯了，并不觉得它哪里会让人难为情一样。我小时候，奶奶常常带着我回她的娘家，我对大咪咪鼓这个地方永远充满亲切和感恩。

有一次几个朋友跟我回老家，又问及这两个地名，我用手指给她们看。多少年来，我第一次用外人的眼光打量这两个地方。两座如乳峰一样的山谷处，长出两个竹林掩映的村子。那时我就想，大咪咪鼓也许应该叫大咪咪谷，小咪咪鼓应该叫小咪咪谷。我从直观视角上找到了这两个地名的来源，心中窃喜。用一种具象的物来命名一个地方，这恰恰是我们母语的习惯，诸如板桥、小水沟、大凹塘一样。受母亲之爱庇佑的这两个村子，高房大屋，宝马香车，人才辈出，文的武的，富的贵的，路有传闻。

某次,在全家谈及房价的时候,我曾问我的儿子一个问题:世界上最贵的房子是什么?他回答说是妈妈的子宫。在那一刻,我的眼睛里有种湿润,正是稚子的童心让我觉得人世的爱是多么珍贵,它洁白如雪,不染尘埃。转过身来,我想问一下某人同样的问题,在我的期待中他应该回答世界上最贵的房子是乳房。但我太害怕他回答成西宁山水间了,哪怕他能换成西泽山水间,我心中也会盛开一片桃花源,专门为他而开。遂作罢的原因是,我家台上无明镜,院中无菩提,这处处有尘埃的世间,除了一颗童心,又哪里会有干净?就姑且饶恕别人,亦宽恕自己吧。

当事物以一颗童心呈现时,一切便是朴素初心。如果你非要把目光投在不对的地方,猥琐奸笑完了还要不怀好意,那就不是大咪咪鼓的错了。一个地名所能赋予我们的,除了一些原始的快乐,更应该是一种发自内心的尊重。尊重一个特殊的地名,就像尊重你身上的器官和你爱人身上的器官一样。既然喜欢,就要大方地爱惜它、保护它。

母亲病中略记

火车上，她睡着了，我把衣服轻轻地盖在她身上。看着她慈祥、安静的面容，皱纹未深，青丝未白，我忽然想把她搂在怀里，像疼爱我的孩子一样疼爱她，带她买好吃的，陪她看电影，哄她开心，她样样都肯听我的安排。然而，她一直是我的王，一直都是我听从她的召唤。忽然她就睁开了眼睛，示意我不要脱下衣服，她不冷。声音很轻很轻，没有一丝做王时的威武、严厉。然后，她又歪着头进入睡眠。我喜欢看她睡着了的样子，像个宅心仁厚的老人，正需要儿女们的照料，耳朵顺了，心也顺了，事事都顺了。没过多久，她就醒来了，睁开一双犀利的眼睛，问我到哪里了。

醒来的妈妈，又变成我的王，她再不需要我的照顾，就连我去售票点网络取票时，她也要紧跟着我。她接过我手里提着的所有东西，还要往我跟前挤，眼睛眨也不眨地盯着屏幕。她说要学会这个劳什子，下回就不用我送了，她自己一个人去哪里都方便。这不是一个生病的妈妈，这是一个浑身上下还充满战斗力的不折不扣的王。什么东西,一点一说破,她就会了。正如每次挤于闹市找不着东南西北时,我只要坚定地跟着她就是。在我眼里高楼霓虹处处都难以分辨,到了我的王的眼里,不一样的细节都在她心上了。从昆明到上海,从上海到杭州,无数次被验证她就是我的王。

当有一天,看见她头上初现的几根白发时,我闻到了自己的心酸。无论她是再强大的王,她终是我的妈妈,是一个正走在衰老征途上的妈妈,需要我好好来爱她。她用她特别的方式爱我,我也要用我的方式去爱她,即使被她抱怨,甚至是责骂几句,我也要好好领受着,做一个她喜欢的女儿。尽管有时在脾气上来的瞬间,我会忘记我的初衷。当她立即变成王的样子,对我不理不睬,态度冷漠,宣判我的"有期徒刑"时,我又害怕了。那是我备受煎熬的日子,我巴结她、讨好她,在得到她的笑脸后,我才被"刑满释放"。

我顶着她的抱怨、责怪、不满,甚至生气,其实后来我才知道,那是她发出的幸福的声音,因为她所不愿意的这些事情,在我转身之后,会成为她与邻居们炫耀的资本。每隔两三年就带她检查一次身体,她健康了,我就心安了。我常常自责、伤心,若不是当年自己年轻时大意,好好带爸爸检查一下身体,我就不会在骤然之间失去他,永远失去一片天。所以,我害怕,我害怕未知的明天,把我卷进一个悲伤的黑洞,让我痛不欲生。

当我看到体检报告单上那一串文字的时候,瞬间,我就崩溃了。那个长在她脑部的东西,像是狠狠地长在了我的心脏上。只要我一闭上眼睛,它就要来夺去我活着的权利。悲伤像一条汹涌的河流,淌进我心的黑洞。永无止境的活,永不停歇的死,像一张巨大的网,网住我的爱、我的泪、我的疼。我的天空就要完全塌陷了,我的王啊,我还从来没有跪倒在地上,为你拜过一次寿礼,完整地表过一次忠诚啊!

　　只想着她的强大,一睁开眼睛就停不下来的强大,我曾时时想要揭竿反抗她的暴虐,时时想要逃脱她的统治。我一直想,待她老了,需要我的照顾时,我就可以取代她的地位,成为她的王,让她顺从于我的决定。她还从来没有像一个老人一样,让我照顾过她的饮食起居。就连一贯的腿痛,也只是每年不断问药询医,还时时被她放大成我多事,责备我花钱大手大脚,嘲讽我有几块钱在口袋里就怕它们往外跳。她还是那个强大的王,搞得定土地上的一切,也搞得定我。她不愿意让我看到她的脆弱,不愿意给我带来一丝不安,即使腿很痛,她也咬着牙齿忍着,还要随口就找出村子里有多少比她疼得更厉害的人,他们的存在,就像一层厚厚的毯子,她一坐上去就舒服多了。

　　痛哭够了,我还要活着,我也要她好好活着。我带着那些诊断和片子往返于医院之间,不敢告诉亲人,不敢告诉朋友,我害怕四处的慌乱会让我陷入更深的恐惧。眼泪,向来不是解决问题的办法。哭是可以的,但哭过之后,生活还是要继续的。这是她告诉我的道理。我一直带着它,在每一次痛哭过后收获新生的力量。不同医生的判断,像是给我吃了一粒定心丸,我的悲伤渐渐冷却下来。尽管只是百分之九十的概率是良性肿瘤的说法,也足以燃起一切希望。即使只有百分之一,我也要付出最大的努力。这也是她告诉我的。

一个又一个的电话,是求救的,我只想在最短的时间里,解决她身上的痛苦,还我一个健康的妈妈,让她有力气继续做她的强者,继续做她土地上的王,即使不能回到她一生热爱的土地,也要让她成为家里的王。我知道,只要她还能成为王,属于我的家国就还是美好幸福的。其实,无论我想了多少哄骗她跟随我去昆明复查的言语,在见到她的那一刻,都失效了。多年来,我已经被她规训成一只听话的鸟,在她面前我无法说谎。她只要一直看着我的眼睛,我从头到脚就变成了一篇白话文,随便就被她读懂。若是我有一丝眼神的躲闪,就可能在她的不断的追问下引发更大的猜测和慌乱,最终让事情变得更加糟糕。无数次较量过,均以失败告终。她的聪明机敏,早已让我甘拜下风。

她平静地接受了这个现实，紧接着，开始骂我多事，又说村里何大妈腹部长着的肿瘤已经有婴儿的头大了，三十多年过去，也没见咋样。她不肯跟我走，说，生死有命，富贵在天，早早晚晚都是一条路。她是个信天命的人，坚信上天一定不会亏待一个行走在良善之间的人。所以，她敢在二十岁那年，冒着生命危险在家里生下一个脚先落地的婴儿。事实上，她早已知道她腹中怀着的头胎是一个倒置的婴儿，为了节省点钱，她还是不肯听从医生的劝告。

我的一双急于行走的脚,冒失地伸出了她的身体,吓得我奶奶大惊失色,连呼救命。紧接着,我一只手抱着腰,另一只手抱着头,在她的疼痛中落地了。她说,她没做过坏事,看,天意不会乱来!尽管后来我语迟脚笨,什么都比同龄的孩子晚很久,她依然对我充满信心。如今,她无一丝惧怕的语言,像一根带刺的鞭子,抽在我的心上。我不敢哭,我害怕她骂我是孬种。在磨破了嘴皮之后,这根鞭子终于有了些柔软的迹象。她硬邦邦地丢下一句:"若不是看你可怜巴巴的样子,想让你安个心,我是坚决不会跟你走的。"在她站起身子,忙着去收拾东西的时候,我顿时舒了口长长的气。

关上眼泪,关上心疼,消灭恐惧,消灭障碍。带着她辗转于各大医院,只想用一种最有效的方法,剥去上帝安放在她脑袋里的恶作剧。我愿意倾其所有,让她幸福安康,日日正寝,顿顿饭香。请天怜悯,求地慈悲!

喜忧参半的结果,让人左右为难。有的医生建议手术,有的建议观察。最坏的结果是需要一场手术,之后,她就能回到从前,长命百岁。她的乐观,让她认定那些不需要让她手术的医生才是良医,动员她手术的都是庸医。她再次果断地行使了她作为王的权利,还振振有词地说起上一次的事,那是她判断医生优劣的最有力证据。当时,她的臀部上长了一个肿瘤,坐立难安,医生说要立即手术。她固执地把医生的话当作耳旁风,回到家里自己当起了医生,用以毒攻毒的方法,坚信它们能治好她身上的病。她每次去地里,必要带着一个塑料袋子,看见蜈蚣,立即逮住,抓把土放进袋子里带回家来,丢进一个瓶子里。再从山上挖来剧毒药大草乌,还有那些阴暗角落里的千里马。把这些剧毒的东西泡成药酒,每天晚上揉擦,天天重复,日日不忘。半年之后,那个肿瘤就神秘地消失了。

我知道,她想用她创造过的不可能,再一次打败她身上的敌人。一个固执的妈妈,即使老了,也未必能让她的固执软化下来,更何况她是一个王。这一次,我必须跟她约法三章:两次复查,如未见疗效,就必须听我的话。她不情愿地点了点头。在她心里,她一定觉得自己会是赢家。其实,我也太希望她是赢家。因为她赢了,我也就赢了。

脚才落在家乡的土地上,她就说她的豆子牵藤了,需要一些供其攀附的竿子,她要为它们伸出的藤找到居所;西红柿正开花,这几日太阳太大,不能缺了水分;说她帮两个高龄病危的老人做的老鞋还没完工,若人家有了三长两短,那就是对不住人的事儿;还说小姨病了,干完地里的活,她要赶紧来帮小姨带孩子。她在说这些话的时候,大概忘记了她也是一个病人。我求她歇歇,那些东西就让它们烂在地里吧；我的孩子求她歇歇，说他想搂着外婆的脖子睡觉；我的爱人求她歇歇，说让她放下一切专心当个让人伺候的老人；弟弟妹妹们求她歇歇，她大着嗓门骂一气。她说，她不是什么病人，吃得动饭，干得动活；更别提她是一个老人，村子里九十岁的老人都还在下地干活，她才六十岁。

好吧，她是王，我们只能臣服于她。

只要回到她的土地上，她就还是那个意气风发的王，指挥着地上的士兵们出征、凯旋，然后享受胜利的快乐。天天如此，年年如此。而我们，只是她战争的胜利品，被她镶嵌在她的皇冠上，在有光的地方，时时闪闪发亮。她坚信，能打败战场上的敌人的王，自然也能消灭她身体里的敌人。她就是她生命里的王，是我们的王。我只能匍匐在地上，愿我的王，一世长安！

六 斤

六斤是我大爹,我爸一奶同胞的哥哥。我爷爷奶奶是在生养了好几个女儿之后才有了我大爹的,到我大爹出生时也就只养活了其中的两个女儿,这香火就显得弥足珍贵。心中的喜悦让他们难于言表,据说他们把刚生下来的婴儿洗好包裹好以后,与一双厚实的草鞋绑在一起用秤称了一下,足足有六斤重。于是乎,除了大名按字辈取为"荣",意为增添荣华之意,还取了个娇气的小名"六斤"。这确实是一个聪明伶俐的娃,他的到来冲淡了奶奶心中多年来屡屡痛失孩子的郁结。

在大爹三岁那年,村子里死了个高寿的长辈老人,正值夏天,天气少有地炎热,请入土为安的日子就长了些,在十一日之后才是上山的吉日。棺材里的异味已经很重,重得人们都上不得前了。我爷爷作为主事的提吊(办丧事的总指挥),要负责一应调度,每天都要闭着一口又一口的气,在棺材前面帮主人家忙活。到了上山那天,天气热得透不过气来,棺材里已经有东西流出,只能用一块塑料布包裹着棺材,按礼俗完成过棺的仪式。女儿家背着过河酒,要送老人上山了。我大爹就是在那时哭着要找爹的,我奶奶抱着他,穿过一道狭长的巷子,再过一条宽大的路,就看见正在忙活的我爷爷了。没想到的是,我大爹的头一歪,就不省人事了。我奶奶吓得大惊失色,大哭大喊,我爷爷奔命地跑了过来,多少人围着这孩子又是呼又是叫又是摇又是晃又掐人中又掰眼皮的,始终不见他醒过来,用手探探,鼻息尚在。人们一致认为这孩子是遇到什么不好的鬼神了,就赶紧请来一个道士。道士端着一碗水在他的头上碎碎念,两个指头疾疾地飞向东南西北,终是不见孩子醒来。这可急坏了我爷爷奶奶。我爷爷手一挥,说:"负责起重上山的人、背纸钱香火的人都各司其职,按吉时上山。"得令的人们纷纷忙活去了,只剩下几个老弱妇孺在想着各种土办法。半个时辰过去了,孩子还没有醒来的迹象。不知是谁想起当过保长的大爷爷有一支火药枪,鬼神们不怕法术,但一定怕这响声大的东西。这主意居然得到了已然六神无主的我爷爷的支持。于是,大爷爷拿来那杆长长的火药枪,斜斜地从孩子的耳根过去,向着天空连放了两枪。孩子像是受了什么惊吓,一下子就醒了过来,四周看看,然后闭上了眼睛,一摇一晃地又睁开了眼睛。这孩子醒了,还活着,我爷爷奶奶对我大爷爷感激涕零,感谢他和他的火药枪救回了他们孩子的性命。

　　没过多久,他们越来越发现,这个醒过来的孩子好像是魂儿不在了,目光呆滞,言语不畅。他们还是坚持认为是什么东西带走了这个孩子的魂魄,四处请神送仙,又是跳又是驱,还是无法还给他们一个正常的孩子。直到七八岁了,这个孩子还不能独立穿上一件衣服。终于教他学会穿裤子了,他还常常把裤子穿反了。我爷爷奶奶这才彻底地认识到他们的

儿子已经被那两枪震成严重智力障碍的现实。我奶奶走着哭,坐着哭,白天哭,夜晚哭,直到把眼泪都哭干,把她自己都哭成一个病人,还是无法改变些什么。她拖着病恹恹的身体,又生下了一个儿子——我爸。这时,我奶奶的喜忧都变得十分无力了。她成了一个时刻需要人照顾的病人。没过多长时间,我奶奶就死了,这一年,她才三十九岁,她怀里的奶娃娃还不满一岁,四处哭喊着,要找娘,要吃奶。

失去女主人的家,除了满屋的悲伤,就是满屋的狼藉,外面是遍山满地的活路,屋内是嗷嗷待哺的幼儿和比幼儿还难伺候的大儿,以及两个尚不懂事的黄毛丫头。这日子啊,走一步,心碎一步。疼痛天天有,苦楚时时在,咽下风,咽下雨,咽下卡在脖子里的刺。咬着牙齿一天一天地挨,只盼着这些娃娃长大了,家里能换来些生机。我爷爷满面愁容,时时叹气,好在,那么多的活路等着他,还有个生产队长的"笼头"罩着他。生活不容许他有太多的悲伤,总是追赶着他逼迫着他陷入无边无际的忙碌中。再难过的日子也得一天一天过,因为这是责任,这是命!我爷爷就这么一天天挨过了当爹又当娘的日子。

在我爷爷的百般努力下,到我记事时,我大爹已经能基本穿戴整齐了,他还学会了一些活计:从河里挑水,去后山搂松毛,找猪菜,剁猪菜。即使是这些简单的活计,他也干得潦草不堪。但这已让我爷爷觉得很满意,我大爹也算是我们家不可替代的劳动力了。挑水,他总是舀些沙和水一起挑回来;找猪菜,永远只认识其中的两三种;剁猪菜,要不时指导他哪些还没剁细;搂松毛倒是他做得最好的一件事,每天他都能从后山背回满满一篮子。有时他还采些野果子回来,只是那野果子从他口袋里拿出来的时候,已然是面容不清了。曾有一次,他背着一篮子松毛回来,才十个月大的我弟弟正坐在松毛草上,他一边走一边叫着"走开走开",没等我妈把我弟弟抱起来,他便将一大箩子松毛全部倒在我弟弟身上。我妈死命地刨开松毛枯叶才抱出哭得好声气都没有的弟弟。我大爹吓得不知所措。除了骂他一顿,别的又能怎么样呢?那一天,我大爹像是知道自己做错了事,阴沉沉地站在后门,我爷爷叫他吃饭,叫了好几遍他也不敢进门来,直到我爷爷拿起棍子装作要打他的样子,他才肯端起碗来。

有一天,我忽然发现我大爹是远视眼,他无法看清他身边的东西,总是像个瞎子那样,用摸的方式来完成。但似乎也不全是,有时又发现他能看见,也许是因为他熟悉的地方全凭了感觉。这些我都无法再探究,因为那时我太小了,小得无法帮助一个智力有障碍的人。我长大后,专门为此查阅了一些资料,当年我大爹昏迷不醒应该是属于中暑的现象。而我爷爷和一个村子的绝对愚昧，却无可挽回地葬送了他的一生。这世上没有哪一个父亲要加害自己的孩子，能加害的，只有愚昧和无知无意。这一切所带来的后果，我爷爷凄苦地尝了一生，至死也不能瞑目。

我一直错误地以为我大爹没有正常人的爱的能力，后来发现我错了。村子里曾经有一个小伙伴要欺负我弟弟，我大爹刚好路过看见，他像是疯了一样，立即举起那个孩子，又是撕又是打的。在别人的制止中，好不容易他才放下那个孩子。村子里有爱开玩笑的人，一见到我大爹就爱逗他，天天说同样一句话："小六斤，我带你说媳妇克。"他永远是一样的态度，总是一听见就吓得立刻逃跑，赶紧找个他认为安全的地方躲起来。这像是成了村子里的一个好看的节目，长期娱乐不厌烦。我从未听说我爷爷动过这样的念头，但我知道我弟弟是动了这样的念头的。每年清明节，跪拜完我大爹以后，我们会在他坟前说上几句话。我弟弟说："若是大爹有个媳妇就好了，也许他就能有自己的孩子，最多傻点笨点，那我们也可以帮助他们呀。"血浓于水的亲情，在那一刻，就点点滴滴融化了。

我大爹在四十一岁那年，死于一场疾病。他急匆匆地走完了悲情的一生，像是来这个世上还一笔糊涂账一样，轻轻贱贱地告别了这个愚蠢的世界。

三头牛的彩礼

秋天，柿子树上的柿子正开得花蓬蓬的，斑斓的叶子比蝴蝶的翅膀还好看。我妈坐在柿子树下使针线，正说话的当儿，她的电话响了。她眯着老花眼看了看，就找一个平日里通话效果稍好的地方，与她的儿子说体己话去了。我们都懒得挤着耳朵去偷听，内容不外乎是她的儿子都快三十岁了，要赶紧找个对象，让她快些抱上孙子的老话。这些话，连风和空气都听得熟悉了。

她接完电话，眉头上一阵喜色掠过，又一阵忧愁袭来，再一声叹气，又低头使她的针线。树叶一片片地飘落在地下，我与妹妹在比哪一片叶子更好看。我妈沉默了一会儿，抬起头来瞅了瞅我和妹妹，就好像这个电话与我们有着极大的关系。见我妈不说话，我妹妹忍不住先问了句："妈，怎么了？"

我妈说："你弟弟找到媳妇了。""哇哦，太好了！"我和妹妹都同时表示了欢喜之情。紧接着，我妈就把她的忧愁晒了出来。她说："要按人家的礼数行订婚礼。按准丈母娘家的民族风俗，我们家应该付三头牛的彩礼钱。"这个数字又让我们哇哦了几声。我妈有些慌张地说:"哪里拿得出这么多钱呀?三头牛!"

我妈的忧愁并没有传染给我,我想起了这个固执的老人嫁女儿的往事,越发觉得她没点生活经验。这一想,我就忍不住像倒豆子一样,哗啦啦倒了出来,还带着些煽风点火、事后诸葛亮的小鬼聪明对我妈说:"谁让你没点经验?自己养的两个姑娘,一分彩礼钱也没收就嫁出去了。"我妈白了我一眼,没说话。我继续说:"只怪人家养的姑娘值钱,你养的姑娘不值钱嘛!"这下,我像是拔到了老虎嘴边的倒毛,我妈的眉头皱起老高,像是在压制她一触即发的怒火。

我妹妹没看我妈的表情,她竟然顺着我的思路,比我更不懂事地接着说:"不仅不值钱,还赔钱呢。"耶,对了,赔钱。想当初,为了我妹妹在昆明能买上套房子,我们家可是倾其所有,个个出力出钱才为她凑齐了首付的。我妈足够深明大义,她说:"我们总不能指望比我们家还穷的亲家去吧?"卖猪卖菜,只差卖锅卖血了,硬是贴赔了能贴赔的一切可以流动的资产。我妹妹几头牛拉不回来的样子,让我妈想起了她年轻时的执着。我妈说她认了,这就是命!

是命就得赶紧想法子去,我妈的鬼火噌一下就烧到了脑门上,她大声地说:"老娘养个姑娘是为了让她将来幸福,而不是用来换钱的。"我不知是吃了什么熊心豹子胆,竟然敢冒着惹恼我妈的危险,又恬不知耻地说:"你大可以收了彩礼钱,再让她们自个儿幸福去呀,好像也不影响你做丈母娘的权利吧?"这下,我是彻底触摸到了老虎的尾巴和屁股。

我妈打机关枪似的把子弹射向我和妹妹,她说:"老娘起早贪黑,苦死累活,还不是为了让你们不要再过我这样的日子?一个二个把你们供出去,婚姻完全由你们做主,老娘一点好处也没有,如今倒要回来说疯话。你、你,你们,哪个是听安排的主儿?说不能嫁,条件太差,你死活不肯。"我妹妹低下了头。我妈又用手指着我的脑门儿说:"你婆家连上个门来走动走动都想省了,你还好意思唱什么高调?"我和妹妹迅速闭嘴,大气不敢出,任凭我妈发完她心中忍了好几年的怒火。

其实,我知道,为这三头牛的彩礼钱,我妈心里是非常不痛快的。她以为天下的丈母娘都应该向她学习,把自主权交给孩子们,自己做做老人的样子就行了。反正该操的心都应该在孩子们的学业阶段就操完了,余下的当然就该交给孩子们了。还非要些什么彩礼钱吗?孩子们在一起过得欢快,比丈母娘兜里揣着几个钱,定然重要多了。

我和妹妹继续躺倒在我妈的机关枪声中,深刻地体悟我妈呕心沥血给我们制造的幸福。听不动了,就抬头看看这蓝得像假的一样的天空,看着小鸟们欢快地从这个柿子上飞到那个柿子上,呼朋引伴地啄食那些刚熟透了的甜蜜。我和妹妹不约而同不动声色地等着这个愤怒的老人醒来。我们知道,若是谁再敢多嘴,我妈锅里的豆子就要全爆炸了。这样的内伤,自小到大,我们受过太多了,总该长了些记性才是。

我妈的音量和语速渐渐小了、慢了下来,她拿起一根绣花针,对着太阳想穿过一根黑线去,穿了几次,不是手抖,就是眼睛花,始终穿不过去。我妹妹伸手过去想帮她,她还恼怒地说:"我全不得你来帮,我自己能。"我讨好地说:"妈,我来。"我妈说:"你捧什么泡?也靠不上你。"她又穿了几下还是穿不上,就赌气地朝我丢来。我就像接住她给我的莫大福利那样,迅速地穿好针递给她,然后把我坐的凳子朝她坐的方向移了两下,讨好地离她近些。她朝我翻了几下白眼,额头上的皱纹全挤在一起,像个娇嗔的老小孩,又用手指头重重地戳了我妹妹的脑门儿几下子,就算是原谅了她养的这两个白眼狼。

坐了一会儿,她似乎意犹未尽,自言自语,又像是教育我们一样。她说:"见过多少因为娘家要个彩礼钱,婆家不得已四处借债来满足了的,结果怎么样了?还不是让自家养的姑娘跳进了火坑?那还不完的账啊,比头上生的虱子还多。遭罪的还不是自家身上掉下的这块肉?你说疼的是哪个嘛!人家是用你的油炸了你的骨,你还以为自己得了便宜呢。"经我妈这么一说,我顿时醍醐灌顶,不得不佩服起她的聪明智慧来。如今,她养的两个女儿嫁过去,样样白手起家,似乎日子也能过得风生水起。用我妈的话来说,至少没有哪个哭着喊着回娘家,也没听见人家嫌弃家教妇德什么的。这更让我妈觉得嫁女儿不收彩礼这种观念是英明正确的。

说着说着,话题还是转到准亲家索要的高额彩礼钱上,她在鼻子里哼了几声之后,就开始盘算着要如何凑齐这三头牛的彩礼钱。毕竟儿子已经老大不小了,在终身大事面前,那三头牛实在算不得什么。我妈说:"圈里的猪可以卖掉三头,如果我们今年不吃一头,省下一头,可以卖四头。楼上的木板也能值点钱。如果还不够,就问问谁家要这棺材板板,应该能凑齐了。"我妈这么盘算的时候,我和妹妹吓了一跳。要知道,我妈都是过了花甲的老人了,怎么能卖了棺材板板呢?这在农村绝对是大忌呀。上了六十岁的老人,谁家都必须有个预备,以防万一。

我和妹妹拍拍胸膛,自告奋勇地说:"我们可以一人承担一头牛。"我妈抬头看了看我们说:"你们要还房贷,要养娃娃,在城里过日子,连吃片黄菜叶都要花钱买的。"我说:"妈,现在哪个还吃黄菜叶?菜心都吃不完了。"我妈像是没听见我要贫一样,她继续说:"你们都是有婆家的人了,要顾这头,又要顾那头,反正我是不能拖累你们的。"我妈是个固执的人,她若抓打得开的时候,万不肯接受别人的恩施,里里外外都不肯,她一直这样。

唉,那不如我们来抱怨一下准亲家的风俗吧。有时候,说一说别人的不是,心里的不愉快就有了些去处。我妹妹说:"这是哪门子的风俗呀?难不成多养些姑娘就可以发家致富了?可以专门等着收些彩礼钱呀。"我妈说："新事也可以新办嘛,什么风俗不风俗的。"我说："就是,规矩也是可以打破的嘛。"

然后就聊到了周围的风俗,我妈倒真是打破了所谓的风俗。许多人家,一订婚不仅有高额彩礼钱,还有一套纯金饰品。条件好的人家,这风俗还可以无平无厌地放大。得看人心,再看人心情。我妈没顾及这些,只要是我和妹妹坚持的,她就巴心巴肝地欢喜着,哪管什么穷,哪管什么彩礼钱不彩礼钱的。

没有榜样,只有比样儿。这一讲一比,我在心中就暗暗羞愧了十几回。看着我妈满头的白发,还没本事让她过上点好日子,她居然还为儿子的彩礼钱操碎了心,那些长在心上用来防御疼痛的鳞片,就哗啦啦地掉了一地。我妈戴着她的黑框老花镜,摸了摸我的头,她俯下身子,正一片一片地帮我拾起来。对了,就连她戴着的这副眼镜,也是她花二十块钱从街上胡乱买回来的。没有验光,没有检测,她觉着看得清晰就买了。而为了我和妹妹,她舍得付出一切,现在又时刻准备着要为她的儿子付出一切。

一多想些,我就像进了死胡同里,迅速地长出一百颗心来,且每一颗都无法原谅自己,甚至对婆家产生了些许怨恨,自己是如此寒碜、如此简陋、如此贱卖。抬头看看我妈的白发和皱纹,与她那双洞察世事的小眼睛一对视,心中顿时掠起无数的悲凉和哀伤。我妈养了两个女儿,一个也没有让她太平。

想来想去,好生对不住爹娘生养一场,含辛茹苦地养大一个女儿,白送给了人家,再养大一个,又是白送。我怀疑我妈即使养大十个女儿,也会全部带赠品白送的。回想我当初,带了个白面书生回来,我妈我爸高兴得像是捡着了银子。准女婿嘴一甜,手一勤,我妈哪还顾得上什么彩礼钱?

婆家的家庭组合特殊,准公婆说他们不能上我们家门去,因为大嫂当初也如此,不能厚此薄彼。我任性地说不嫁也罢,不要彩礼钱也就罢了,连行个见面礼都要顾这顾那的。可我爸说:"他们不方便来我们家,那我去他们家好了。既然要成亲家,走动走动总是应该的。"结果,他真的就去了。我怨我爸把女儿白送给人家,我爸却说:"这怎么是白送呢?他们家不也白送了我一个儿子吗?"

我出嫁的时候,父母陪嫁了四把小椅子,我还与我爸开玩笑说我的嫁妆太单薄了。我妈笑着说:"婆家无彩礼,娘家无嫁妆。"我爸指了指我的脑袋,他的意思我懂,他们给我的嫁妆全在我的脑子里了。是呀,那么多年的学业,够买多少卡车的嫁妆了。

聊着聊着,就聊得没边没际,我妈的气也消了。她喜笑颜开地等着做她的婆婆,甚至开始大胆地设想,等弟弟有了孩子,她就不种村前头那几亩地了,要全心全意忙着带孙子去。我们都忘记了刚才那三头牛的彩礼钱的事儿，娘儿仨正想得愉快，弟弟又来电话了，他说彩礼钱不用我妈操心了，他自己有办法搞定。再后来，那几头牛也一直没有用上。这下，我妈的心里终于太平了。

土 豆

每一次离开这片土地几天,味蕾上最想念的东西就是土豆。从火车上下来,这座城市特有的烤土豆的香味就迎面扑来。下了那些高高的石阶,几步蹿到一个烤洋芋的摊点前,不顾吃相,身心便得到了最大的犒赏。

宣威这个地方流行一句俚语:"吃洋芋长子弟。"洋芋是土豆的别称,我们习惯叫它洋芋;子弟,是俊美的意思。可以想见土豆在人们心中的崇高的地位。许多年前,看着餐桌上一盘盘烤制得金黄的土豆,个头略比鲍鱼大一点,而食客们对土豆的热爱程度远远胜于鲍鱼的时候,我脑洞大开地认为这就是我们宣威人心中的"小鲍鱼"。人们可以一年不吃鲍鱼,而不可一日不食土豆。后来,这个别称就广为流传,更加彰显了人们对土豆的热爱程度。

曾经,土豆是我们填饱肚子的主要粮食,在青黄不接的日子里,能有一些土豆存放着,那就是全家人的生命线。在土豆丰产的年份里,人们奢侈地把土豆变着花样吃。于是,土豆就有了许多种吃法。无论哪一种吃法,都可以让土豆"死"得舒服妥帖。食物给予人类的终极赞美,便是成为人类口中的美食,最后回归自然,开始下一个轮回。

仲夏,雨多日照,万物生辉,一坡坡的土豆开花了,白色的、紫色的,在风中摇曳多姿,像是一群群法国宫廷里赴约的贵妇人,正在等待着舞会的开始。要知道,正是这些花朵成为她们头上的饰品,才让大面积推广和种植土豆成为流行的方向。于是,我们才有亲近它爱戴它离不开它的今天。

在雨水和日光的滋养下,埋藏在土里的土豆们开始不安分了,它们膨胀的身体挤开一条条裂缝,露出早熟的小脸。我们就通过大地咧开的"嘴巴",把土豆抠出来。刮皮,洗净,入锅,等土豆煮熟了,再放进平底锅里用文火烤黄了,带着锅巴,冒着香气,一个又一个地吃下去,爽口又爽心。那是夏天里最幸福的日子,被叫作"吃晌午",那是一晌的欢畅呀,身与心都被安顿得妥帖。我常常等不及土豆出锅,就要吃半熟的土豆,俗称"七生洋芋",那种有嚼头的感觉,是年轻人牙口好的明证。

暑期,土豆大规模地上市了。主妇们开始制作土豆片,这是酒席上的宠儿,是最好的下酒菜。选个晴朗的日子,把土豆去皮切片,入盐水里煮至八成熟,放在麦草、簸箕或是蛇皮口袋上晒干,一年四季的餐桌上就多了一道美味：炸土豆片。空嘴吃，香脆可口；下酒吃，回味无穷。百吃不厌，常吃常新。

土豆的吃法有许多种。它就像一件百搭的衣服，吃成什么品相，达到什么气场，完全在于你让它跟什么搭配。想让它成块成丁成条，还是囫囵下锅，刀和你一起商量着办。与土鸡在一起，叫作"洋芋鸡"，龙堡街上一家叫"老夏洋芋鸡"的酒楼，开业的时间好像比我的工龄还长，生意经久不衰。与牛肉在一起，红烧牛肉土豆、清炖土豆牛肉，想怎么折腾就怎么折腾。与火腿在一起，蒸的煮的炒的，完全取决于大厨的心情和手艺。至于与蔬菜们的"恋情"，它们时时都是"移情"高手。土豆说"我想与酸菜生活在一起"，于是，它变成了酸菜洋芋汤，到底让土豆成丝还是成片，完全是造型的刀说了算。土豆说"我想与小葱暧昧"，它们又不清不白地站在一起，一上桌子就被筷子们指指点点，一会儿就灰飞烟灭。再来一盘之后，也许还要再来一盘。这时候，土豆就像一只漂亮的蝴蝶，想到哪朵花上吃蜜就往哪朵花上去，谁让人家长得貌美呢，貌美者，就有入花品香的最大资本了。

把土豆切成条状炸熟，或是半熟，拌成麻辣洋芋，这是最日常的吃法了，因为做法简单，吃得粗暴，于是就成了一种行业，大街上不仅有固定的摊点，还有流动的三轮车摊点。当炸洋芋的声音响起时,肚子吃饱了也会忍不住馋涎,花几块钱炸上一碗,用牙签往嘴里送,吃得斯文而愉悦。

而上山烧洋芋的活动,已成休闲娱乐的一种方式,像是在怀念一种儿时的生活,怀念祖母们在煮猪食的柴火里烧洋芋的味道,那是被我们称为"吹灰点心"的早餐。在森林非火警戒严区,捡些干柴,架成高堆,烈火熊熊后的残余火力里,土豆烧熟,滚去黑灰,就着咸菜,吃成一堆开心果的样子。脸上黑,手上灰,你看着我笑,我对着你乐。我们都是土豆最爱的孩子,没有誓言,但一生不离不弃。

每每我的孩子不想吃饭时,问及想吃什么,永远都是舍"土豆"其谁的答案。煮土豆的时候,我切一碗青椒,用母亲做的土酱当"帽子",再放一勺猪油,与土豆一起蒸。当土豆熟了的时候,青椒酱也就熟了,就着土豆吃,是超级美味的搭配。小朋友每次看见,都只说一个单词:"Surprise(惊喜)!"

某一天的早晨,远在京城的朋友菲儿像是发现了新大陆似的,连珠炮地问我"你那里的土豆为什么那么好吃?你为什么不多推广它?"云云。我以为土豆是一种普通得不能再普通的食材,实在没有大力宣扬的必要。她说她是偶然在淘宝上发现,说滇东北的土豆丰产滞销,一向热衷慈善公益的菲儿,就组团购了土豆。她吃过的土豆水汽沥沥，完全与滇东北土地上产出来的土豆味道不一样。我被她说得不好意思，就在朋友圈发了一条王婆卖土豆的消息，结果反应平平。看来，任何事物的命运都是惊人地相似，只有在爱它懂它的人那里，它才是珍贵的。

土豆的 N 种吃法，恕我不能一一列举，它永远是厨房里必需的储备，是每一天都要相见的"大宝"。即使我忙，不得去菜场了，有了它，我的生活就有了质感。是什么样的质感，我无法准确描述，大致是像贵妇人摸天鹅绒毛时的安全感，也像是一个贫穷的妇人怀抱着一只猫咪的幸福，是身体和精神上的双重取暖。其实，至今天，我也没有计算过 N 到底等于几。我想，这并非一道数学题，我更愿意是关于土豆的生活小窍门，它等于几，完全是你说了算。

思念，寄往何处

许多封来信摆放在桌上，我一拆开信封，父亲的"生活"就一一掉落下来。普普通通的琐事，娓娓慢慢的述说，让我眼里的潮热不断涌起。

父亲说苞谷歉收了，烤烟被冰雹打了，弟弟妹妹们的学习进步了，年猪要等我到家才杀。父亲最不会忘记交代的，就是学习搞好身体搞好，别太亏待自己，该花的钱一定要舍得花……父亲写这些信的时候，我还是个不谙世事的少女，正远离家乡求学。信，是我与父亲、与家乡联系的纽带。

父亲的笔迹沉静地散发着久远的墨香，或是潦草急急的回复，或是缓缓絮絮的叮嘱，由一张简单的邮票传递着温暖的信息。可如今，我只能触摸到想念与哀伤，点点滴滴落入心中。我好想如那些年一样给父亲写一封回信，让一枚两角钱的邮票送去我的欢乐与哀愁。

回信的纸笺就摆放在桌上，而我的笔再也无法落下一个字。

因为让我回信的地址,已变成了天堂的某个地方,也许天堂就在我抬头仰望的蓝天深处,或在我心底种植的丁香花前。而母亲说,天堂在一把纸钱焚化的地方,在缕缕青烟冒起的地方。

倘若真是一把火就可以抵达那个地方,未免显得荒诞,而长流的河水,又怕它找不到父亲的故乡。我要给父亲写的信,只好一直压在心底,像一块永远都无法着陆的石头。

父亲的这些来信被我放在一只箱子里，我觉得，只要我一直拥有这些来信，就永远都是被父亲疼爱的孩子。后来，箱子实在太旧了，那些来信又被我装进牛皮袋子里，打开袋子，它们像一只只慵懒的鸽子，任由我爱抚。这封信里装着父亲的希望，那封信里装着父亲的欢喜，鼓励的语言像一条条细细的小鞭子。一如小时候，它们轻轻地掠过我的皮肤，才让我痒痒的、怕怕的，它们又走开了。这些年来，再没有人以这样的方式爱我了，父亲，再没有人愿意像你这样把我捧在手里，把我融在心上，怕飞了，怕化了。

　　父亲，我想你的时候就会翻阅这些来信，当窗外的白鸽飞过时，我多想它们的口里正衔着你的来信，那种清晰地写着你的地址的来信。我的想念可以翻越万水千山，一头扑进你的怀里。在你离开不久的那些日子，我曾死死地抱着那床有你的体温和味道的棉被不肯松手。那些年，一直都是你在抱我，父亲，这一次，我要好好地抱着你，轻轻地抚摸你花白的络腮胡，抚摸你深深的皱纹。可是，父亲，我无法想象你老了的样子，你走的时候，青丝未白，皱纹浅淡呀，父亲！

　　父亲，我太不想长大了，一长大，我就失去你了！一个失去父亲的孩子，她衰老得多快呀！她要毫无选择地接过你手中的责任，要试着顶天立地站起来，成为一棵伟岸的树。父亲，没有你的地方,我的疼痛就没有了肩膀;没有你的地方,我的苦累就没有了依偎。

满大街的父亲,他们中没有一个是你,父亲!然而他们的身上常常会有你的影子,让我在一顶鸭舌帽里、一根旱烟袋里、一片络腮胡里,频频驻足回头,频频悲伤难忍。看着他们头发花白步履蹒跚的样子时,我多想有一个这样年老的父亲,他一直陪伴着我,守候着我的年年岁岁。

父亲,我的脸上长着你的鼻子、你的眼睛,还有你的嘴巴,他们都说我长得太像你了,他们又说长得像父亲的女儿会十分有福气。可我为什么偏偏就失去了这么大的幸福?我只能在一堆你的来信面前悲伤,为找不到一个回信的地址而伤心哭泣。十年了,父亲,我一直没有你的音讯,我要给你写的信,它将寄往何处呢?

头羊的故事

小孩子们一起玩,总免不了要争吵,可我不明白的一件事是:为什么每次我和弟弟妹妹们起了争执,父母总是责怪我甚至打骂我?当我委屈地钻进奶奶怀里哭时,奶奶总是摸着我稀疏的"黄毛",跟我讲"一只羊过河,十只羊过河"的故事。奶奶的意思是,要我当好领头羊,做弟弟妹妹的好榜样。

那时我还年幼,不晓得这"头羊"的作用究竟有多大。直到有一天,妈妈带我去河边洗衣服,三叔正赶着一群羊过河,羊向来胆小怕水,只见一只羊在三叔的吆喝声中试探着下了水,后面的羊仿佛忘了胆怯,就那么跟着它下到水里,虽然它们左顾右盼的,依然怕得咩咩叫,但还是在头羊的带领下蹚到了河对面。看着远去的羊群,我似乎明白了奶奶讲的道理。

小时候,妈妈是严厉的妈妈,奶奶是慈祥的奶奶,我,则是永远叛逆的我。直到一次,我无意中听到妈妈和奶奶的对话,她们说我长大了,知道努力了,知道照顾弟弟妹妹了……惭愧和感动中,我停止了义无反顾的叛逆,不再和妈妈作对,还以优异的成绩考上了中专,成了村里第一个吃"公家粮"的人。就这样,十五岁的我,背着行囊开始了异乡求学之旅,用妈妈和奶奶的话说就是,给弟弟妹妹们开了个好头。

走上工作岗位那年,我十九岁,大弟正上高中,照顾他的学习、生活的任务被我包揽了。记得那几年,为了跟大弟倾心畅谈,我退尽一身的淑女范儿,变得大大咧咧的,真正当起了"大哥"。后来,大弟上了大学,小弟也考取了师范专业,等妹妹进城读高中时,我已有了自己的"蜗居",于是,妹妹的吃住又被我包揽了。为了照顾好她,粗心的我一下子细腻起来,还常被闺密们笑话:"什么时候变得婆婆妈妈起来了?"

弟弟妹妹们常说,从他们读书求学,到后来找工作、谈恋爱,再到结婚时买房买车,所有人生的重要时刻,总有我这个大姐的身影。是啊,哪一样要是少了我的参与,我自己就坐不住了,累点儿也觉得踏实。尤其在父亲去世以后,这种感觉更加强烈起来。

如今,弟弟妹妹都有了自己的家庭,在各自的岗位上都很出色:大弟当了中学校长,小弟组建了篮球俱乐部,妹妹是优秀的平面设计师。逢年过节,我们一大家人回到老家,看着妈妈高兴地忙进忙出,幸福的时光在小院里静静绽放,就像妈妈养了多年的扁竹兰，娴静的欢喜，悠然的满足。

在弟媳妇娇嗔地要钻进妈妈被窝里暖暖时，在小侄女们搂着我的脖子撒欢儿时，我也会感到遗憾：要是爸爸还在，该是多么完整的幸福呀！这时，我的眼中会有一种特殊的情愫，而这情愫，在我看向弟弟妹妹时，瞬间即被感知。我们总会给彼此一个相互勉励的笑容，这笑里的深意，也只有我们才懂得。有时，我们也会争吵，但争吵过后马上就和好如初，因为我们是血肉相连的亲人。我们都没见过爸爸老了的样子，这是我们一生的遗憾，如果爸爸能看见他放牧的这群"羊"，都找到了水草丰美的地方，都过上了幸福和美的日子，他会多高兴啊！

在儿子和小表妹们争吵时，我也像妈妈当年责怪我那样责怪他，他委屈地说："为什么总是我的错啊？"我说："外婆养育了四

个孩子,我们是兄弟姐妹,是打断骨头连着筋的亲人,走到哪里都丢不下。到了你们这一代,独生子女没了兄弟姐妹,表兄妹就是最亲的亲人了,你没有理由不带好她们啊。"于是,我也一只羊、两只羊地讲起了当年的故事。儿子听完后,似懂非懂地点了点头。

是啊,羊年了,又想起自己曾是一只"头羊"的故事,总算没有辜负家人的重托,让弟弟妹妹们一个个顺利地"跟过河来"。愿我们这一大家子,天天美洋洋,处处喜洋洋,让我们的妈妈每天都得意扬扬!

疼痛双腿上远去的芳华

晨跑的时候,我看见一个步履蹒跚的老妈妈缓缓地在前面走着。她的身体略有些肥胖,两条腿已经严重变形,每迈出一步,她的一条腿就向外弯曲,像是想把腿上粘着的什么东西费力地甩出去。

她摇摇晃晃地走得吃力,我看得心疼。我想起了我妈、我大妈、我姨妈、我姑妈……想起了天底下为了讨生活而用双腿支撑起家的温暖的妈妈们。正是她们用双腿丈量过的大地,满目生机,处处收获,才喂饱了我们的身体,也喂养了我们的灵魂。

如今,她们腿上的芳华远去了,比起健康匀称的美腿,她们的双腿萎缩、变形、丑陋,毫无美感可言。但她们并不美丽的双腿上饱含着对生活的敬畏,她们直立着,行走着,爬着,跪着,一点点赚取生活的喜悦,才让儿女们拥有了更好的芳华。

在村子里,我见过无数双变形的腿,弯曲的、肿胀的、脱皮的、残缺的……她们将腿明晃晃地伸在阳光下,擦拭着各种药酒,贴着各种膏药,吃着各种来路不明的包含激素的面面粉药。关节炎、风湿炎、类风湿、滑膜炎、关节退变、软骨磨损、骨刺……年轻时的拼命积劳,到老了都长成身体上的各种疾病。

她们中好几个人的脸上亮汪汪的,像是水分充足的老苹果,但能让人感觉到明显的不正常,这绝非胖了的征兆,伸手一按一个窝,完全是水肿的样子。我说:"你胖了。""胖了好呀,去不动地里,爬不动山上,吃了坐着,都长成肉膘了。"又说哪里人卖的面面粉药,每天吃一包,走路就轻松了。拿来一看,全是些来路不明的东西。因为吃了不疼,就不管三七二十一吃下去了。脸肿了,才知有激素。停药一段时间,腿又疼了,等脸上的肿消了,又接着吃。

她们陷入循环往复的恶习里,我却不知该如何阻止,如何帮助她们。去医院,各种治疗又贵,收效又不明显。庄稼地里长出来的人家,哪里便宜就爱往哪里站队。这是节俭的品性,也是无知的陋习。我说,这些东西吃了对身体有害。她们说,吃了五谷杂粮谁不会生病?谁又能长命无绝?再说,哪里又会有把这腿上的疼一把抓掉的东西呢?这药就能!

在她们摇摇晃晃的生活中,日子一天天老去。她们不懂什么见鬼的诗意,她们要的是活着,一代比一代更好地活着。她们攀比地里的庄稼谁种得好,攀比谁家出栏的猪肥壮,攀比谁家的儿女成器、孝顺,也攀比这身体上的毛病谁比自己还不好。有参照物的生活,让她们活得心安。

跟着她们一比一说的话头,我发现了一个奇怪的现象:村子里那些急性子逞强争胜的女人到老了身上的毛病更多,但她们家里的生活总比别人家的更好些。倒是那些慢性子的女人,用一颗天塌下来还有高个子顶着的心,放过别人,放松自己,尽管日子过得并不尽如人意,但身体上的疾病没早早就找上她们。原来,所有能得来的幸福,都是因为有别人在替你承受着痛苦呀。

婶娘、伯母在一起闲聊时,说自己年轻时能背两百多斤重的背子,我妈不是在平路上背,她是从山上背两百多斤的窑泥巴,烧瓦片挣工分。说起年轻时当勇士的样子,都是一副神气活现的英雄气。腿一疼,脸都变了形,一蹲一站、一坐一起之间,全是几个女人"哎哟妈耶"的声音。我说:"你们到底逞什么能?背少一点行吗?"她们就七嘴八舌地讨伐我。这个说家里差着信用社二十块钱的账,不还掉要不得;那个说挣的工分多点,年底能多分些粮食,全家人就不会饿肚子了。

我跟在我妈身后,看她弯曲的腿缓悠悠地走着,心里涌起无数酸楚。可我无法阻止她对土地的热爱,因为那是她实现价值的唯一途径,她不想成为任何人的累赘,不甘心就这样老去。她的腿承载着她的身体,她的身体携带着各种生产力和生产工具,一会儿在山上,一会儿在河里,一会儿在街上,一会儿在缝纫机上。她的双腿就是她最有力的交通工具,带着她走南闯北。如今,两条腿老了,我妈还是不想放过它们,她要最大限度地使用它们,实现价值最大化。好强,支撑着她的雄心永远站立。

这些年,针灸、按摩、仪器、膏药从未断过,生姜、葱、蒜、艾叶、荸荠等一切可泡的东西一直在尝试,我妈双腿上的疼时轻时重,从来没有安生过。有一次,我听人说腿上打一种封闭针水能治疗,带她去了医院,才打了一条腿,另一条她死活不肯打了。往后,做一切治

疗都有一点点效果时,她一定要念叨一回就是打过针水的那一条腿最是不见效果,好像那是我要害她的一场阴谋。如果我再说有可以换膝关节的手术,她必定要大骂我是想祸害她坐在轮椅上度过余生了。

人人都可能是海上的一叶小舟,航向的改变往往是风的作用。我必须向一切固执妥协,就像她们疼了,要向有害的激素药妥协一样。在疼痛面前,暂时的安定显得比什么都重要。走一步算一步的双腿,走一步算一步的人生,究竟隐藏了多少生活的玄机呀!

疼依然在我妈腿上,疼也在无数妈妈的腿上。满大街的老妈妈们,拖着沉重的躯体,迈着疼痛的双腿,缓慢向前走着,走过每一天,走过每一年,走过一辈子。她们也曾有过大长腿,有过芳华,只是她们把青春都贡献给了劳动,贡献给了家庭。她们一生都在为生活前赴后继,在能动的每一天,都愿意向生活曲身弯腰。有她们在,家就是安稳的天空。

温柔的天空

我们五六个熊孩子手拉手围在村口的大槐树前,转圈圈玩累了,就靠着树齐声吆吆地念一首童谣:"猴子上树搬干柴,望见婆家过礼来。八盘灯笼八坛酒,公公背着媳妇走。媳妇媳妇你莫哭,转个弯弯就到屋。娘家吃的白米饭,婆家吃的肥猪肉,几天就吃得胖嘟噜。"

我们正念得欢快起劲的时候,真的就看见有人讨媳妇回来了。讨媳妇的人叫刘树高,按辈分,我要叫他五叔。五叔带着一伙人,背的背,扛的扛,浩浩荡荡地走在进村子的大路上。大路两旁的石榴花开得红艳艳的,形态各异的枝头上处处有含苞带笑的小红嘴从绿叶里探出头来,像极了五叔身后跟着的那个羞羞答答、低眉顺眼的姑娘。

除了新郎五叔,一伙人的背上都没有闲着。五叔脸上喜气洋洋,意气风发,见了我们这一群小鬼头笑眯眯的,完全没有往日要吓唬我们玩时的不正经熊样。新娘子没有顶着红盖头,也没有唢呐,更没有白马黑马,与戏里、书上描述的那些场景一点也不一样。最一致的地方大概也就是新娘子穿的那一身红了,这是属于中国所有地方的红,喜庆的红,运势红旺的红。新娘的后面跟着三个姑娘,奶奶说那是来送亲的人。

按照风俗,村子里与新郎去讨媳妇的人中,必然有一个是背着背篼的,背篼里务必要有丈母娘家砍剩下的半只火腿——这也是奶奶告诉我的——意为从今以后,两亲家要走来走去,亲如一家。另外几个人分别背着新媳妇娘家陪嫁的嫁妆,红漆亮格的柜子、箱子、椅子、凳

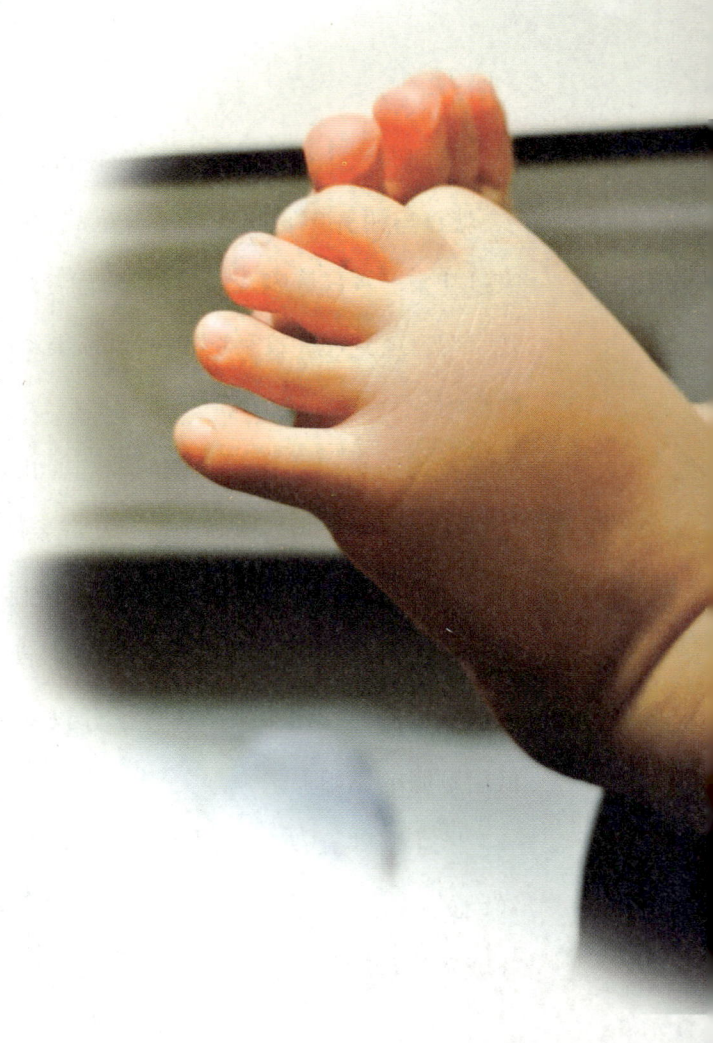

子。柜子、箱子里装的东西也是有讲究的,奶奶说得太多,我记不全了。一伙人把陪嫁的一应家什背进屋子里,一个新家也就安置好了。奶奶说,婆家无彩礼,娘家无嫁妆。想必这是五叔家去的彩礼钱多,才会有这些整齐的嫁妆。

讨媳妇这种事情离我们的长大成人还太远了,我们只爱看热闹。我跟小伙伴们说:"我们要什么时候才讨媳妇呀?"奶奶说:"我的小憨狗狗,你长大了是要做客的,等迎亲的马来了,你就做客了。"做的是什么客,我完全没一点概念。奶奶就像是一个什么都知道的人,她知道这家人订婚去了多少礼金,押八字又去了多少礼金;这家新娘的父亲的大姨爹与后面三叔的舅舅的亲家是表亲关系;那家新娘的姑奶奶嫁到哪个村,又与这村子前排房子的大奶奶的兄弟是亲堂叔侄关系。这些绕弯弯的言谈,比她教我唱歌时的嗓音要转几个弯还难两个八度,所以,我听过就过了。倒是奶奶,与邻居们说得高兴,眼睛都笑成了一条缝。

到了晚上,村子里就热闹起来,四处喜气洋洋的。其中有个风俗叫"要小糖",这是专门为小孩子们准备的礼数。新媳妇的口袋里要备好糖,专门等村子里的娃娃们前来要小糖。红花纸包装的水果糖,只一种口味,似橙子,又似是橘子的味道,含在嘴里,让它慢慢溶化,从舌尖甜到心底,那是我们最幸福的时光。天一黑,我们就相约去跟新媳妇要糖吃了,这个脆生生地叫声"五婶",那个叫声"五嫂",新媳妇口袋里收着的甜蜜就飞到了我们的嘴里。要一次不过瘾,就要两次,两次还不过瘾就要三次。三次以上,我们的脸皮再厚不起来了。只等第二个夜晚来临的时候,叽叽喳喳又去讨要喜糖了。村子里,无论是谁讨媳妇,小孩子们都很快乐。奶奶也很快乐,她站在窗前看着我们流星赶月地奔向新房的时候,皱纹里都长出了水果糖的味道。

晚上,我依着奶奶睡觉的时候,她就讲那些遥远的故事。那时,出嫁的姑娘要哭,这是一种风俗,意为不忍离别娘家。从嫁期前一个月开始,每天早晨鸡叫时就要哭起,哭到别人都听到了,才能闭上嘴巴。出嫁那天,更要哭得厉害。我迷糊着眼睛问她:"你哭了吗?"她说她当然要哭,不哭就要被人笑话。"那哭得出眼泪吗?"她说哭不出眼泪也必须哭出声音。

奶奶曾有一个堂姐姐在出嫁那天死活哭不出来,结果被她妈妈在背上狠狠地打了一捶,才哇的一声哭起来。我想笑,但很快就睡着了。奶奶搂着我,轻轻地叹息了几声。她肯定想起了她当女儿家的日子,那是多么美好的时光呀!她有个教私塾的叔叔,死活要强迫她上学,她东躲西躲不肯进学堂,即使叔叔拿出稀有的红糖白糖来哄她进学堂的大门,她也要趁叔叔不注意千方百计就溜走了。最后,叔叔妥协了,觉得女孩子不读书也罢,大家不是都没有让女孩子们读书吗?

奶奶有一个好听、大气的名字,叫张坤玉。在女孩子人人都叫花啊果啊香啊梅啊的年代,奶奶这个名字也算是高大上了。不仅这样,她还有一个专属于她的字,她曾在我很小的时候告诉过我,如今被我生生忘记了。一个女孩子有名有字,这应该是一件极为荣宠的事。好在,她也断断续续地识得几个简单的字,什么山啊水啊红啊花啊的,那几个数字啊,随便指着她都能答对。挑花绣朵的活路,她更是方圆团转里的名角儿,常常被人请去做嫁娶的女红。那些五颜六色的线,到了她的手上,她挑灯夜下,飞针走线,几日后就变成了鲜活的花鸟虫鱼。

奶奶的脚被裹得很小很小,是标准的三寸金莲。拥有一对小脚,这绝对是比一个姑娘的脸蛋漂亮重要一百倍的事,至于说读书识得几个字那种小事,就太微不足道了。一个脚小、手巧、脸蛋还好看的姑娘,被远近的人取了个"半截观音"的绰号。但这些都无法改变她的命运,她终究是要找婆家的。无论她长得有多俊俏,无论她有多巧手,这些都不足以改变那些肥水不流外人田的婚配习惯。她的母亲性软嘴钝,父亲又常年在个旧挖矿,她那强势的奶奶做主将她许配给了自己的外孙,也就是她的姑妈的儿子。

奶奶是见过那个木讷迟钝的表哥的，又黑又粗鲁的外表，太像家里用来煮猪食的那口笨重的大黑锅了，她无论如何也不想把自己的终身托付给这样一个人。然而，她可以反抗学堂，却无法反抗这桩婚姻。所以，她从知道这个要命消息的那天起就开始哭，滴滴都是真眼泪。别人哭舍不得的离别，而她是在哭她的命运。

那时，结婚的日子对姑娘家来说，叫马来了。因为是真正要用马来为新娘代步，红盖头也是要有的。哭哭啼啼的新娘子上了马，踏着吉时走了，专门露出一双小脚在外面，由小脚来判定这家的新娘漂亮还是不漂亮。当听到马来了的消息时，奶奶哭得死去活来。村子里的人说她要发子发孙、发家发富——哭得越凶，表示将来的日子越红火。只有她的母亲知道，她心中有一万个不肯。但亲上加亲的事，谁多说一句都只能招来厌恶。

第二天，我醒来时，奶奶已经下楼生火，里里外外忙家务去了，仿佛那些夜晚不断被她讲述的故事不曾发生在她身上。奶奶肯定是寂寞了，她找不到一个合适的倾诉对象，或是她害怕那些久远的秘密泄露之后难免会留下阴影，所以，她宁愿把过往当成无关紧要的故事，讲给一个她最爱的小女孩听。其实，更多的时候，她也许只是在释放一种心灵上的负担。无论我懂不懂都不要紧，她自顾自地说，说完她就释怀了。

到了晚上,我们又争先恐后地找新娘子要小糖去了,全然没有顾上奶奶那些久远的故事。一个小女孩的心中,除了装着吃,就是玩了。有好吃的好玩的,便是一个孩子眼中的天堂。临睡前,奶奶似乎累了,她没有想讲任何故事的意思。风吹着后面的竹林,沙沙嗦嗦地响。有只老鼠慌张地从楼上跑过,紧接着就传来老黑猫的叫声。猫和老鼠的游戏,在每一个夜晚频繁地上演着。她说,睡吧。我闭上眼睛,忽然又睁开了眼睛,很好奇地对她说:"那后来为何你又成了我奶奶呢?"她重重地叹了口气,一句"说来话长",再叹息了两声,替我拉好被子就不言语了。那个夜,奶奶在我之前入睡。我翻来覆去很久还睡不着,总想着奶奶是不是会一种什么变身神功,她一转身就变成我奶奶了。

一觉醒来,我又忘记了昨天晚上想着的疑问,没心没肺地扎进孩子堆里,疯玩疯闹。欢笑,永远是童年的主色。我们在泥巴里,在高山上,在河沟里,把自己弄成一只只小花猫。曾经很长一段时间,我们十分留恋后山上那座红土坡。我们砍来树枝,坐在上面,像滑滑梯一样,轻松到底,我们叫"坐土飞机"。每个小伙伴都很迷恋那种失重的感觉,尖叫着从高高的坡上滑下来,又拼命地爬上去,再滑下来。往复无数次,没有一次厌倦过、累过。裤子后面,常年需要奶奶的针线来加固它。奶奶做的那种活路,叫作"补裤底"。谁都穿着补了裤底的裤子，有的甚至还补了膝盖。奶奶不厌其烦地帮我洗着、补着，不厌其烦地变着花样做我爱吃的猫耳朵、弯角汤圆、油炸面条、煮洋芋。多年以后，当我穿着膝盖上破了洞的牛仔裤回家看奶奶时，奶奶大惊失色，她以为我在城里混不下去了，心疼我连买裤子的钱都没有了，然后赶紧拄着拐杖去拿她存下的一点零钱，要全给我用来贴补生活。在明白了这是时尚和潮流的概念以后，她连连叹气说时代变得太快了，说她老了。其实连我都感觉自己半老了，她能不老吗？她头顶上的头发掉光了，后面的白发轻绾成一个发髻，再用两个银制发簪别起来，套上黑色网状的发套。耳朵上常年戴着银白色的小耳环，手上戴着的镯时有更替，或是银的，或是玉的，全凭喜爱。青衣蓝绣，花围腰，绣花鞋。她还对镜打理她的眉毛和发际线，把那些多余的"杂草"一根根剔除掉。我从未见过她潦草打扮的样子，时时清清爽爽、漂漂亮亮，永远是一个美美的奶奶。即使在她老得不能下地行走的时候，她也还为裹脚上面多了一个折痕而耿耿于怀。

　　妈妈把我送进奶奶怀里的时候，我未满八个月。已经怀着身孕的妈妈还担心我夜里哭闹着要找她，结果我一觉睡到天明。自此，我便成了奶奶的影子。每一个夜晚，奶奶的怀抱就是我的天堂，除了温暖，还有故事，还有歌声。奶奶教我唱那一句"春天来了百花开",教了十几遍,我的声音还是无法拐"百花"两个字上面的弯和颤。倒是奶奶唱的山歌,什么"高枝高秆是高粱,细枝细叶茴香草",什么"隔河望见妹爬坡,发头辫子往后拖"……我两遍就学会了,扯着个嗓子在田野里、山岗上放纵声音,这感觉与我很对路。我才不要什么慢条斯理,我才不要什么温温绵绵的。

我在奶奶营造的安乐窝里快乐成长。妈妈太忙了,她要忙着干农活,忙着生孩子。她只在我做错事时,以一种极端的方式纠正我,声色俱厉之外,常常棒棍相加。而奶奶为我挡了许多委屈,我在不知不觉间就把奶奶当成比妈妈更重要的人。所有温柔、细腻、敏锐的情感,全来自她给我的施与。

我六岁的时候,奶奶用一根绣花针穿通了我的耳朵,说是小姑娘家家要戴上耳坠,走起路来环佩叮当才好看。结果我的耳朵发炎,终于被我妈知道了事情的真相,我挨了好一顿骂。我哭着,奶奶一直赔着笑,任我妈说什么都笑着。待我妈一转身,她一把拉我进她的怀里,一边哄着我给我擦干眼泪,一边左右察看我的耳洞。终于,我能佩戴耳朵上的饰品了,我妈严厉拒绝给我钱,又是奶奶偷偷让我买了不同的耳坠回来。红的、绿的、粉的,有坠,有穗,有珠,戴上它们,我摇头晃脑地走来走去,在奶奶的夸奖中,顿时觉得自己就是一个小仙女了。

村子里讨来的新媳妇五婶婶的红衣换成蓝衣，逐渐融入了村子里的生活。她已经能叫得出村子里孩子们的名字了，知道谁是谁家的娃娃。她每次挑水从我家门前经过，看见奶奶，总是会脆生生地叫一声"二妈"。这让我奶奶很高兴，觉得她是一个有教养的人家的姑娘，而不似某某与某某，遇见个人，白瞪着眼睛，生怕叫谁一声就会亏本一样。奶奶在与我念叨这些的时候，就会外加一句，教育我见到长辈要嘴甜甜、心软软，才会惹人待见。奶奶说完这些的时候，冷不丁又会进入她从前的世界，每一次，都以"过去"或是"那时"开始，我觉得两者都比"从前"更有意味。我依旧不懂得她那些深重的苦难，不懂得如何抚慰她的伤心，甚至连追根问底都常常被小伙伴的叫声打断了。我飞快地跑出家门，常常连鞋子都顾不得穿。我曾有一度爱赤足的日子，每天放学回家后第一件事情就是脱了鞋子。奶奶依着我，她生怕鞋带牵绊了我贪玩时的急性，竟然把我的鞋带剪断了。我妈哭笑不得地看着这不可思议的一切，奶奶却把眼睛都笑弯了，她觉得如果我妈执意不喜欢，那她几针就缝上了。这根本是没必要上肝火的事，事实上，我妈肝上的火烟早扑腾腾地热闹着了。

　　在我疯了许多许多天，新娘子也变成旧娘子，连凸起的肚子也十分明显了的时候，我才想起我奶奶的故事还没有讲完。

奶奶的婚姻是所有糟糕婚姻的叠加，无尽的争吵，无尽的打骂，最痛苦的莫过于两个年幼女儿的相继死去。这让她彻底地绝望了。奶奶说到这些往事的时候，已经没有了悲伤。她静静地讲，我静静地听。她选择在一个漆黑的夜晚，干了一件惊人的事——逃婚。一个小脚的女人要翻山越岭去逃婚，除了勇气，还需要智慧。于是，她在天黑后，就先躲进了牛圈里。待家里人出去找她的时候，她才从另一个方向逃跑。她精疲力竭地跑了一夜之后，在黎明时才发现自己还在村子后面的山上，家门就在眼前。她装作上山干活迷路的样子回家了，再慢慢酝酿第二次逃婚。

那是一个月黑风高的夜晚，她顺利地从一间草楼上爬出来，开始了又一次逃婚。跑出许久，她听见人们大声叫她的名字，还看见星星点点的火把朝着她的方向移动。她没命地跑啊跑，跌倒了又爬起，才爬起又跌倒。这时，她听见了狼的叫声，吓得她全身的汗毛都竖起来了。慌乱之中，她掉进了一个树洞里。那个恰好能容下她身子的树洞，顿时给了她无限的安全感。她连呼吸都使劲地控制住节奏，像一个处于危险境地又十分好奇的人那样，除了让自己安全，还想多看看这前所未见的东西。狼长着绿莹莹的眼睛，像传说中的鬼火，能夺人魂魄。她浑身的汗毛都竖直了，一种巨大的恐惧席卷了她的身体，但要活命下去的念头，又让她抑制住了自己的恐惧。待狼的眼睛消失许久以后,她才战战兢兢地爬出树洞,继续往前赶路,一会儿顺着大路走,一会儿顺着小路爬。各种各样的声音传来,可她不能停下来。她怕她一停下来,就有恶狼追兵向她扑来。一对小脚,在崎岖的山路上跋涉了一个夜晚,终于迎来黎明。她确定她是逃脱魔掌了,这是回娘家的路。一路上生怕遇见熟人,她用头巾严实地包住了自己,拖着疲惫酸软的身体继续走。不知走了多久,她终于看见娘家的房子了,她两眼一黑,就昏了过去。

醒来,一睁开眼睛就看见母亲和弟弟们,大滴大滴的眼泪像珠子一样滚了出来。母女相见,除了抱紧痛哭,不停地安抚之外,再想不到更有助于解决问题的方法了。那是没有白天和黑夜的几天,母女俩寸步不离。她把一肚子的泪水都倾倒给了她的母亲,而她的母亲也只能还给她一肚子的眼泪。而且这样诉说委屈的温情时光,也很快被打破了。她的丈夫带着一伙人找到娘家来要人了,还拿着一条粗实的绳子,问她是自己走,还是绑着走。她的母亲无奈地交出了她,她才逃出深渊,又被无情地推进深渊。她的母亲说:"我的儿呀,那是命,你就忍了吧。"她跪着问苍天,苍天不理她;伏着问大地,大地亦不理她。她擦干了眼泪,以赴死的决心又回到从前。

然而,逃婚的念想她一时也没有断过。她也曾痛苦地跑到悬崖边上,想纵身一跳来了结自己年轻的生命。站在悬崖边上,她胆怯了,她害怕死不成之后会过上更加生不如死的生活。经过反复的逃离、多次的追缉,大概是成为她丈夫的那个表哥也累了。在她最后一次逃婚回娘家之后,她的表哥再也没踏进她娘家的门。她就与母亲和弟弟们相依为命,过上了女儿时被家人宠爱的生活,当然,也就永远背负了不好的名声。她从来没有想过再嫁,因为婚姻只给她带来了恐惧和灾难。直到多年以后,痛失两任妻子的爷爷托人上门提亲。奶奶的母亲及她的兄弟们依旧不肯,说是爷爷命硬,已先后克死了两任妻子,当他的第三任妻子的风险也变得异常大,不能让自家的人跳进火坑。也许是出于一种感恩,更或许是出于一种同情,她不顾家人的坚决反对,毅然决然地嫁过来了。那年,她才四十岁,爸爸十五岁。于是,我就有了奶奶。

这样一个曲折的故事,对一个小女孩来说太冗长了。在我睡着又醒来,醒来又睡着的许多个夜晚之后,我终于听完整了。我不知道血缘的远近会是情感亲疏的重要纽带,在我这里,统统没有。她给我的爱、她对我的好,不能用高山来比喻,更不能用大海来比较。高山和大海都在我身体之外,而奶奶就住在我身体里。我一睁开眼睛,就能看着她,摸着她,抱着她。而与我有血缘关系的奶奶是一堆没有温度的黄土，已被悲伤和绝望的岁月掩埋了。

　　在一个晴好的日子，五婶婶背着一个，抱着一个，肚子里还怀着一个，她笑眯眯地来我们家串门。奶奶正躲在她的睡房门口清洗她的三寸金莲，她打开长长的白色裹脚带子，就像打开她一生的陈旧故事，然后，慢慢地洗去污垢，剪去老茧。在五婶婶推开门时，奶奶尖叫了一声，她迅速地做了一个想要收藏她双脚的秘密的动作，然而收效太微弱，阳光昭然地照在她的身上。一对惨不忍睹的小脚在我们的惊叹中，渐渐停止羞涩。对于已年迈的奶奶，这已经是她全部的秘密。她坦然地对我们笑笑，既不怨天，也不尤人，经历的所有苦难和幸福都像是长在她身上的这双小脚一样，是她的命，而她终是与自己的命抗争过了。我忽然有种想抱住那对小脚亲吻的感激之心，感谢它们带着一颗勇敢的心，逃越一切礼数，让她成为我的奶奶，让我的头顶有了一片温柔的天。

三人行，师偃

孔子云："三人行，必有我师焉。"这一次，我就完全栽在这句话里，玩了个大反转的游戏。三个纽扣大的娃娃一路同游至越南，我躲过了晕车晕机晕船，却没法躲过这几个孩子猛烈的火力射击。我轰然倒下，俨然为师的人，顿时偃旗息鼓，缄默不是，反抗不是，说教亦不是。

初一的娃伶俐过人，口才超群，可力战群雄。他一上来就要给我个下马威，在我伺机想在他的头脑里植入些什么时，抢先对我说："请别嫉妒我的才华，有一天我要不费吹灰之力打败你。"如此豪情，我是力挺的。我才说他长得像他爸爸，这小子头一仰，用手把额前的头发一揽，拉风地说："我爸有我帅吗？我们不是一个档次的哈。"

第二日，说起他妈妈，我夸他妈妈写字漂亮，像男人的笔迹一样洒脱劲朗。小子兴致高涨，他说："我妈岂止字像男人？你可知道，我们家一共有三个男人，我爸爸一个，我半个，我妈一个半。"

上帝,我吃在嘴里的茶一口就喷出。

第三日,几个大人相谈甚欢,这孩子不知从哪个角落里探出个小脑袋,炸雷一样扔下几句话:"你们这些大人,搅些什么?搅些什么?在一群人中如果没有领导能力,绝对要被人孤立死,当个吃瓜群众不是更好吗?样样都想掺和些什么呀!"还说,"你们天天拿自己的儿子与别人家的比,老了还不是要自家的儿子养着?咋个不找邻居家的去?"

他才十二岁的娃,样样事情皆有自己的见解,浑身上下像是长满了嘴巴一样,我常常不是他的对手。有时也是故意让他赢了,他的小尾巴一下就翘到天上去的样子煞是可爱。我一表示不屑,他就开始怀疑我又嫉妒他的才华,还说我这口才和文才也太一般,真搞不懂他的老师们为何还要"粉"我。

最可恨的是我亲生的娃,大概平时里迫于我的淫威,不敢太过造次,这一次像是找到了同谋,主角配角随意搭配,时时要挑战我的权威,让我的血压一直噌噌往上升。我才要发作,他立即就向同伴们控诉:"看吧,我妈翻脸比翻书还快,看吧,我又要惨遭'黑手党'了。"搞得我很被动,分明才想黑下脸来,三娃立即就把我逗乐了。最小的娃才九岁,奶声奶气地凑到我的脸上,"姨妈姨妈"地叫个不停的时候,我心中的母爱顿时泛滥成灾,满山的冰雪都融化了,哪还来得及追究那两个兔崽子的过错呢?

曾有一次,我才进得家门,父子大笑成一团后,十分阴险地看着我。问之才知,小子听见我停车关车门上楼的声音,就对他爸说:"爸,我感觉到一股煞气正在向我们家逼来。"他爸愚钝不解,待我进门,才知小子的意思。我把脸一黑,想收拾下小子的不敬,他就摆出天真无邪的样子,挤眉弄眼地向我求安慰。

这不,大好的蓝天和海水,我才高兴几分钟,这小子就蹬鼻子上了我的脸。他说:"你们都不知道我妈的人生有多荒诞,动辄就说'我想喝点酒'。"另俩孩子顿时像看外星人一样看着我。也难怪,人家的妈妈都是良家妇女,小子的妈妈爱酒成性,也足够另类了吧。

在珍珠岛的第一个早晨,早餐时小子说了这么一段话:"世界上的鸟分三种:第一种,先飞的笨鸟,怎么飞都飞不过别的鸟;第二种,飞得快的鸟,通常都被枪打了;第三种,不愿意飞,不想飞,只想在窝里下个蛋,就把一生的希望都寄托在下一代身上的鸟。所有的都是笨鸟,我妈就属于第三种。"分明是才倒一杯果汁回来的当儿,我就躺着中了一枪。

真是应了那句话:"长江后浪推前浪,前浪死在沙滩上。"在回程的路上,我硬生生地想扳回一局。恰好读到了一篇写王勃的文字，就想让他们学习一下。这俩小子屁股一抬，一个背"城阙辅三秦，风烟望五津"，另一个说"落霞与孤鹜齐飞，秋水共长天一色"，完全是卖弄才华的整法。我说好生读一下这个绝世才子的结局才是硬道理。他们终于被王勃的一生吸引了，看完之后，沉默了一会儿，不再与我对抗，又投入他们营造的小世界里去了。

火车上，最小的娃娃在安静地读一本书，遇到不认识的字就露出害羞的样子，用胖乎乎的小手指着甜甜地问我。若是那俩娃，问个问题都必然要表现出一副向我不耻下问的表情，在气势上压我一截。我顿时觉得我倒了的颜面在最小的孩子这里立起了一点点。

我妈喜欢

世界上有一种喜欢,叫作我妈喜欢。但我妈喜欢我的方式我很不喜欢,好在她太忙了,要侍弄十几亩地和十几头猪,她实在没工夫仔细地喜欢我。她曾在我三岁的时候承诺要做一条花裙子给我穿,事实上,到我三十岁时,她才想起这件事。更别提我额头上、手臂上、脚杆上的疤痕是何年何月的事儿。

我妈起早贪黑地忙呀忙,折腾地里、圈里的活路,逢上赶集的那一天,把地里和树上的那些蔬菜和果子,都搬到街上换钱去,甚至家里任何一只老母鸡的屁股都没逃过我妈的眼睛,她硬是把一个九口之家折腾成了村子里先富起来的人家。

她太忙了,忙得没时间关心发生在我们身上的那些有趣的或是悲伤的事情,但对我们的考试成绩异常关心。我妈喜欢我考得好成绩,但即使我考了全班第一她也从不肯表扬我,还怀疑我照抄别人的。更别提我考不好时,她总是风风火火地拉起我长满肉刺的手指,或是指着我大脚拇指露馅儿讨饭的鞋子,骂我贪玩,甚

至连累我家后门口被我爬得光滑的石榴树和柿子树,它们都是我过度贪玩的罪证。

她喝令我们干活的声音很大,我们常常还在被窝里就心惊胆战地爬起来,要么跟着她下地,要么跟着她上山。她做什么活都手脚麻利,所以在她嘴里我们都是些偷奸躲懒的货。她总是说我野马山丘的,不如隔壁的四姐姐那样看门像把锁。

每年冬天,别人都不忙了,我妈还在忙个不停,楼上那台老掉牙的缝纫机嗡嗡地响,全村的衣服裤子都经过她的手裁剪。待把别人家的活计做得差不多的时候,她也给我们姐弟做新衣裳,但她总是嫌弃我们长得太快了,一边量一边轻骂,直到她的小儿子说:"难道你希望我们长成邻村某某(其人是个侏儒)的样子吗?"她才闭上了嘴巴。

我十五岁那年以优异的成绩考上了中专,成了村里第一个可以端"铁饭碗"的人。我妈大喜过望,一副不知道要怎样表达对我好的样子,一会儿问我要吃洋芋吗,一会儿又问我要吃鸡蛋吗。她对我一好,我反倒不知道该怎样去面对她,所以她问的我全都不要。我妈忍无可忍的时候就说一些决绝的话,她说她麻麻肚皮舍了吧。当然,无论如何她也不会舍弃我的,且不说我给她带来了无比的荣耀,让她在村子里的地位一下子变得更加不可动摇,最关键的是我一定是她亲生的,而非买一赠一的赝品。

我对我妈的这些对抗情绪,丝毫不影响她在村子里的风光,所以她忍受着我,以她喜欢的方式来爱我。哦,不,在村子里,"爱"这个字是从来不被提起的。我们从来不赤裸裸地说这种让人难为情的话。以至在开学临近的时候,我对我妈想要送我去学校的愿望表示了强烈的抗议,并无所顾忌地威胁她,如果她送我去学校,我就不读了,吓得我妈花容失色——那时,我妈绝对可以配得上这词,她才三十五岁,是这里远近闻名的美人。我爸义不容辞地承担了送我去学校的重任,我妈没有什么失落的表情,抑或是我连看也没看她一眼。

四年的中专生活,大都是我爸来看望我。我喜欢我爸宽厚随和的性格,就是不喜欢他总是纵容我妈,竟然还由着她与我爸的表兄弟们拼酒、猜令、大笑。也太肆无忌惮了,却还天天说我没点女娃子的样,不是爬高上梯就是捉鱼摸虾的。终于有一次,我妈还是忍不住来学校看了我一次。见到她的那一刻,我的心突然就软了下来,从前的那些对抗细胞完全不在了。我下课时,她正安静地坐在花园里织毛衣,美美的样子,同学们都说是我姐,一点也不像我认识的我妈的样子。

待我们姐弟四人一个个都从村子里走出的时候,我妈也渐渐老了,就连我也显得有些老气横秋了。我妈不再高声地呵斥谁了,年轻时的急躁和暴戾荡然无存。然而,令我害怕的是,这些东西却在我身体里居住着,一不小心它们就会钻出来吓人,让我时时感觉到遗传基因的强大和无奈。好在,我知道了"修炼"这种词,我常常在身体里自残,坚决地绞杀它们。

年轻不懂事时,一直觉得我妈喜欢的和我喜欢的永远是冲突的,我唯有逆着她,才有存在感,才会让她感知我一直存在。如今阅尽生活的甘苦,知道了我妈的千恩万好,再不敢有丝毫违抗,我更显得像个听话的孩子,我妈也更显得像个慈祥的妈妈。在以后的日子中,我愿意百般顺从我妈,只要她喜欢的,就是我喜欢的,选她喜欢的话说,做她喜欢的事,觉得能让我妈喜欢真好!

山间亦有鱼龙舞

这个春天,处处是花开的消息,处处都有狂欢的女子。我在一场繁华的花事面前,对枝头艳绝于春天的千万朵杜鹃,产生了一种荼蘼之感。人间极致的绽放,便是如此了。此后,归来不看花。

又逢周末,有友提议带孩子们去露营时,我正享受倦鸟归林后的酣畅沉睡。她欢快的声音像只小松鼠,仿佛要把毛茸茸的尾巴伸进我的梦里。她说,文兴的大山上,埋藏着一个绝世的"小瑞士风光",太美了!她的三寸之舌用完一寸的时候,我已禁不起她预设的种种美好的诱惑,身体亦像是禾苗遇见第一场春雨般欢畅,便一拍即合。

一群对美好极度盲从的大人孩子,在友一路兴奋的解说中,完全以一副侵略者的态势投入。我们像是被炮火激怒的战士,恨不能立即冲到敌军中,夺取胜利的果实。背着行囊走了很长一段路,只见到一潭明澈的春水,还是没有见到友口中描述的"小瑞士风光"。在每一次气馁的时候,友就说,前面就快到了。

瑞士，这是一个多么美好的国度呀，我曾在它的自然风光里，沉醉得不想归途。在我生活沉闷的时候，我就回忆阿尔卑斯山上的雪，空灵、清澈、绮丽、多姿、纯净、美好。那美妙的景色，即使穷尽我一生的赞美，也毫不夸张。半山腰上的残雪，恰似两只亲密说爱的白天鹅，好像我在琉森湖里偶遇的那两只，它们与我，似曾相识。薄雾下，山峦、雪山、草地及远处的城堡，像是一场童话里爱情的开端。我幻想着有一次相逢正好的重复，弥补万千种盼望和想念之后的深情相拥。

友说："我来时，大雨之后，云雾缭绕，层林各色，千万条小溪流向沟里，宛如仙境。"见我失望，她说，也许季节不对。孩子们的脸上，已是汗水和倦色。遇见可以歇息的地方，他们哈出一口长气，就要坐下不走的样子。

前面就快到了。这是一句多么励志的话呀，它让我看到了几步之遥的胜利曙光。人的毅力就在这种似乎能看得见的期许面前，被无限放大。直到见到眼前的美景，溪流、草地、松林，所有的质疑与疲惫都直上云霄，扔下行囊，欢呼长啸。

草地上开着不知名的紫色小野花，细碎、芬芳。赤着足，轻踩上去，让一对拥抱着的小虫子惊慌失措地分开了。在茶香、花香里，仔细地研磨着时光。从来，美好的时光都是用来"浪费"的。至于咖啡和美酒,就留给一个不醉的夜晚吧。数着星星,看着月亮,来做一回舞娇娘,累了,就扑在清风的怀里,悉尽风流,不看明朝。

这是一群心中永远存着对美好生活的向往的人,并不以花的盛开或是落幕作为注脚。在历经了万水千山之后,我们依然拥有制造快乐的能力。大浪淘沙,洗尽铅华,身边的友情便也成为拥抱幸福的最大公约数。常常在午后的几杯茶里,灵光乍现地生出些别致的欢喜,或是冥想,或是轻语,或是大笑。也在十六的月亮圆满之时,推开小轩窗,让月亮跌进酒杯里。在那一刻,只差一点,我就摸到月亮了。心中的诗意顿时像清泉静流在松间,日子就在点点滴滴的余韵里绵长温润。

我躺在松林里听风,它从我的头顶一阵阵吹过去,又吹过来,呢呢喃喃,温温软软。在一场深度的睡眠里,我梦见两只虫子,一只白色的,一只黑色的,它们在打架。醒来,我不知道我是虫子,还是人类。足边,是匆匆而过的蚁,它们正为食物奔忙。

草地上,炊烟袅袅,喂饱了精神的女人们已经开始做喂饱身体的厨娘活路了。她们的身后,牛铃摇着春光,羊群迤逦。有人在吹口哨,有人在学鸟叫,还有刚出生的小猫咪撒欢儿的娇叫。孩子们已在羊群里亲热欢快着。我奔入羊群,咩咩呵呵学羊叫的声音,带着些微微的颤音,羊群里就有了应和的声音。友们侧目大笑。也许,我的前世就是一只羊,要不,怎么会不断有人说我的眼神与羊的眼神如此类同?为了证明,还特地拍些图片,以期说服我。

小溪边、树林里、草地上,处处都能找到可食的野菜。靠山吃山、依水吃水的人们啊,这片土地养活我们的身体,也启迪我们的智慧。我总是期盼着在一株断肠的毒药旁边,能找到一株解药。万物的相生相克,等待着人们去发现,打开它的奥秘。

帐篷搭好了,小松林的脚下像是雨后长出的一片蘑菇,橙色、红色、黄色、绿色,一个斑斓的夜晚由此开始。

像是把厨房搬到了山上,应有尽有。孩子们吃得欢快,大人们喝得尽兴。在锅碗瓢盆的叮当声中,在举杯邀明月的欢呼中,繁星就落到了天幕上。这个孩子说看到了北斗星,那个孩子说找到了大熊座和仙女座。三岁的小女孩躺在草地上,学着动漫里小猪佩奇的样子数星星。这个长着天使面孔的宝贝,总是让人产生泛滥的母爱,她一声召唤,人人愿意为她效劳,并以能讨得她的欢喜而高兴。这不是在养一个公主,而是在养一个女王,我们都甘愿守护着她,爱着她。

月亮都躲到帐篷里去了,就用手里的灯光吧。灯光从高处落下来,落在一群娇媚的女子身上,一夜鱼龙舞。更有一个野女子,歌声野气十足,带着些草原上的音域,让夜空更加辽阔悠远。欢乐

董荼如饴

是一袭拖地的长裙,目光所到之处,熠熠生辉。开心是一群心性相投的人,心与心相鸣碰撞出的星光,镶嵌在日子的空闲处,成为某个时刻最动人的乐章。

几颗文艺的心碰撞成青山绿水间的倜傥风流。唱够了,舞够了,笑够了,星星也要休息了。钻进帐篷里,静听天籁。孩子们说:"我们做了邻居,要记得来串门。"隔着帐篷的呼唤,比儿时木板后面的声音更加亲切。不肯入睡的孩子们,拉开帐篷就探进一个小脑袋,再咯咯地笑着跑开了。

野外,总是带着些许未知的恐惧,在夜深的时候,眼睛闭了,心灵和耳朵的灵敏度以几何级数增长。总觉得有些忽远忽近的脚步声,像是野兽驻足观望的响动,又像是来自未知世界的非人类的偷窥。心里暗长的恐惧,被一次次扑灭,又一次次升腾。睡不着的夜,带着几丝兴奋和恐惧。少年就在身畔,辗转难安,而我不能把我的恐惧传递给他一丝一毫。我说:"我们来唱歌吧,小声地唱,也许萤火虫能听见。"唱着唱着,我们就进入了梦乡。

在百鸟的鸣叫声中醒来,又见炊烟。友说:"我一起床,山间就多了一种鸟——喜鹊。呼儿唤女的声音,脆生生的、欢快快的。"用清澈的溪水洗脸,去山边摘一束馨香满怀的含笑花。在这个没有信号的山沟里,享受人生最奢侈最美好的时光。

友说:"如果有闲暇,我们就做一群羊,翻过这道山,再翻过那道山,看得见森林瞭望塔的地方,就是涧水海梁子了,那就是我们心中的草原。"一座山后一座山,在连绵的山峰下,只有用脚来丈量的时候,才发现,这是一种看得见却难摸着的遥远。终因脚力不济而放弃,折身返回时,想起了魏晋名士王子猷雪夜访友的故事,友不在,亦尽兴。

下山的路有无数条,从这片森林走到那片森林,像这人世未知的路,有人走过,便成小路,人走多了,便成大道。也不用担心迷路,条条大路可通向罗马,路转溪头忽现,牧童遥指杏花村,或是林深不知处。诗的意境,都在眼前穿梭。山河之美,又岂止在别处?常常,我们用眼睛遥望着别处的美,就忽略了我们身边的美。它们都是养在深闺无人识的秀色,每一次遇见,都是惊艳。谁说远方和诗意有必然的联系?近处的诗意,才是举手可触及的曼妙风景,只留给身边有心有情人。

与美好相遇时,总恨时光太短暂。如所有要散的筵席一样,把铺开的心灵收回,把要带的物品收好。再看一眼溪流和草地,再想一遍摇晃的舞蹈,或许应该再想一回某个故人,忧伤就满怀地袭来。好在,这不是隔着国界的阿尔卑斯山,抵达它,只需要一个念头。就欢喜地说再见吧,人与山河皆各自安好。

母爱的硬度

一个十九岁的妙龄姑娘带着一岁多的妹妹出嫁了,唯一的嫁妆是手里挎着的蓝包袱。包袱里有一个姑娘的一些简单的居家小物品。没有白马也没有轿子,新郎的面容也像天空那么灰暗。她极不情愿地向前走着,她知道再叛逆的言行也熬不过父母之命、媒妁之言。蹚过前面这条河,也许会有一片新的天地。

这个人一年后成了我的母亲。在我的记忆中,她梳着长长的大辫子,明眸皓齿,伶牙俐齿,手脚麻利,高兴时会哼哼小曲。更多的时候我是依偎在祖母的身边,看着她忙碌的身影。以至我想起一切温暖的爱,那里面都是祖母慈祥的影子。

关于母亲的很多故事我都是从祖母的口中慢慢得知的。长大以后我甚至忘记了母亲怀抱的味道,回避和拒绝她任何形式的亲近和主动示好,似乎只有沉默、屈从、与她对抗才是我与母亲之间最恰当的相处方式。

母亲有姐弟八个,她在家排行老二。在那些艰苦的日子,外婆坚持让自己的孩子认些字,但是不肯让孩子念更多的书,用外婆的话来说,只要不成为睁眼瞎就行了。母亲上中学时外婆就以烧毁课本或是打骂的方式,想要结束女儿上学的愿望。外婆哪里料到,这个女儿像一棵顽强的小草那样,即使没有春风吹过,她也暗长绿色。

母亲以帮人做零工或是上山采药的方式自立了,外婆再无二话。后来,外婆生下了最后一个孩子,因为是女儿,外婆再不肯面对那个小生命的啼哭,态度决绝地想要丢了这个孩子。真是可怜了我的外婆,她的无奈我是多年以后才懂得的,我想这世间若不是有太多的不得已,绝没有哪一个母亲愿意抛弃自己的孩子。

外婆的二女儿,也就是我的母亲站出来了,她笨拙地用破衣包裹着冻僵了的孩子。外婆还是坚持把孩子送人,可在那贫穷的年代,有谁愿意再添一张吃饭的嘴呢?这孩子就成了一个卸不掉的包袱,时时绑在母亲的身上,并且母亲不能有任何怨言,连出嫁也得一并带去。后来母亲接二连三地有了自己的孩子,快到小姨上学的年龄了,母亲才把她送还给外婆,并许诺一直支付学费。

母亲屈从了婚姻,但一直不肯向命运下跪。她向命运抗争的第一步,是对家庭的收入进行重大改革。她冒着割资本主义尾巴的危险,贩卖些鸡蛋、玉米糖之类的东西,步行四十公里的山路到城里,换得些零花钱,以贴补家用。天阴下雨的日子她就在家为乡邻们裁缝衣物。哦,对了,这缝纫机是当年她对婆家提出的唯一要求。祖母说她几乎变卖了家里所有值钱的东西。

母亲地里的菜总是比别人家园子里的高出半指,母亲养的猪总是又肥又壮早早出栏,她的孩子们的衣着总是比村里小朋友的光鲜。她用一双灵巧的手织出有大波浪花纹的紫色毛衣,如今我都记忆犹新。卖菜这行当后来成了她的主业,她把几亩地全部改为菜园,起早贪黑精心地料理,背着菜到离家十里的集镇上去卖,不仅让自家的日子日渐富裕,而且带动了全村的妇女种菜卖菜。

家乡山水秀美,唯一奇怪的就是,我们那个小村子,水是人们心中的隐患。到了干旱时节,村里人的饮水都是从村后那个山洞里取,要点着火把或是手电筒顺着石级下一百八十级,才能到达取水的地方。我才五六岁的光景,就背着个塑料壶跟在母亲后面去背水了。村里的小伙子们成年时去村外提亲,总是遇上饮水难这个大问题。很多姑娘都不愿意嫁到这个小村来,当然嫁来的姑娘都是通情达理的有辣劲的主儿,她们说人家祖祖辈辈都过来了,还怕自己不能适应吗?以至于在我生活的村子,我见不到低眉顺眼的女人,她们总是大声阔嗓地说话,雷厉风行地走路做事。

让乡邻们奇怪的是,这个缺水的小村子居然是集镇上卖菜的大户，那时在集市上卖菜的人十有八九是从我们那个小村来的。母亲种着三亩菜园，都说一亩园十亩田，她的肩膀因挑水而被压得严重变形。她常常凌晨四点就一个人去担水浇菜了，村里懒惰的大娘总要说她吃不上水是因为母亲把一洞的水挑干了。以前我听了这话总是很气愤，现在想来却是很心疼很辛酸。

母亲除了种菜还大搞养殖，圈里养着十多头猪。猪菜的事情分配给她的孩子们，柴火的事情她亲自带领孩子们去山上，在她锋利的斧头下，不一会儿工夫就能满载而归。我总是不能忘记我们弱小肩膀上不堪重负的担子，行走在山路上，母亲巴不得一次就把山背到家里。我发出怨言向她抗议，她总爱骂我偷奸躲懒，并立刻能举例，小伙伴中谁比我小但背得比我还多。

母亲的这些辛劳，让一个家过得红红火火，也让她在家里的地位显得至高。连做过村长的爷爷，凡事也要征求她的意见。父亲生性宽厚，愿意包容母亲的一切。母亲做事说一不二，火着枪响。她扛着犁头就能下地使牛，鞭子高高地扬起，一点也不比任何男人逊色。大集体时父亲是村主任，有时父亲有事外出，一仓的粮食等着分配，母亲提起算盘往磅秤前一站，比做村主任的父亲还威风。

父亲后来去了村公所又去了乡政府工作，母亲更加忙碌了。

因为她的忙碌,养育孩子的担子便落在了祖父母的身上。但她对孩子的教育是从来不肯松懈的,总是严厉地要求她的每一个孩子。常常是我们在外犯了错回来,劈头就会挨一顿棍棒,等父亲回来也许还会第二次挨打。我们家的正门背后竖着一条条细细的棍子,那是她的"家法"。它们侵略过母亲的每一个孩子的身体,一条条抽下去,先是白白的一道道的痕迹,后已分不清痕迹间的距离。她永远奉行"棍棒底下出孝子"的理念,遵行"小树不理不成材"的成长规律。

母亲给我的爱总是很坚硬,除了不断地要求与责备,还有就是严厉。她的每一个孩子都是六岁就被送去五里外的学校里接受启蒙教育,她只关心考试的结果。每一次我考九十分以上,她总是怀疑我是照抄别人的,即使那已经是全班最高分。如果偶然考低了,她定会拉着我脏脏的小手,指着我破了的鞋尖,责骂我是个贪玩的孩子。

母亲高高地扬着"家法",训斥我、恐吓我说,如果我念不好书,她就要拿出奴隶主对待奴隶的方法,将重活压在我的肩上,掠夺我一天所有的自由,最后把我嫁到大山深处。那时候我心里充满了对未来的惶恐。祖母一把把我拉进怀里。母亲说这孩子要是将来不成气候定是祖母的责任,然后扔下些雷伤祖母的话,一溜烟又到她的地里去侍弄她的白菜、黄瓜们了,我想母亲给予它们的温情定是比给予我们的多多了。祖母总是一边抚慰我,一边给我讲"一只羊过河,十只羊过河"的道理,鼓励我做好领头羊,给弟弟妹妹们做出榜样。

父亲的哥哥我的大伯是一个有智力障碍的人,即使是从河里挑水这样的活,他也总是要挑些沙子回来。他一直与我们同住,直至病逝。冬天,母亲要把患了肺痨日夜咳嗽的祖父背出背进,祖母则一天到晚伺候着猪、鸡们的粮食,还有孩子们的起居饮食。后来大伯生病了,母亲同样是背出背进,毫无怨言。她仿佛一点也不惧怕人的死亡那样,在父亲也恐惧的日子,承担起一种责任,日夜看守。一个九口之家被母亲打理得井井有条,是村里最殷实的人家。母亲像一把巨大的伞,强有力地支撑着这个家。

母亲的四个孩子一个个变成凤凰飞到了梧桐树上,她不时眯着眼睛看她的这些成功的作品。她暴力的教育模式迅速在周围的村子里推广开来,成了典型案例,受人们敬仰。母亲满意地笑了。这时候母亲再没有举起过手中的棍棒,说话的声音也日渐温柔,甚至偶尔会当着别人的面表扬一下我。我情不知所措间眼里装满了泪水,我知道那是一种久违的温暖情愫。

母亲是辛劳的,她也是幸福的。我以为父母可以在儿女们的庇护下安享太平的时候,才五十三岁的父亲突然离世,一片白茫茫的悲恸,让天空也失去了颜色。剜心的疼痛充斥着每一分每一秒,那不分白天与黑夜的日子多么混沌难挨啊!母亲的一只耳朵失聪了,皱纹在一夜之间爬上她的额头,她再也没有力气大声地与谁争论。母亲悲伤的时候,忍不住边哭边骂父亲是个没良心的人,丢下她一个人承受这样的凄凉。

岁月慢慢平复失去亲人的疼痛,母亲也渐渐变得豁达,秉承了父亲一贯的开明达观,倒是劝慰起她的儿女们向前看。后来村子失火,烧毁了父母一世的心血,母亲的眼泪里已没有太多的悲伤。好强的她又开始张罗盖新屋。我无法阻止母亲一些固执的想法,只能顺从她、支持她。

　　我一直不敢把心底对母亲的这种敬畏以恰当的方式表达出来,哪怕是在文字里,从小到大的作文里,一次也没有过关于母爱的记载。如今我用手中的笔描绘过了很多过往的人,而对于我的母亲,我是羞愧的。我安然地享受着她的付出,习惯地接过她的给予,但总是不敢离她的怀抱很近,怕她坚硬的壳刺伤了我的身体。于是,我与母亲就习惯了以一种特殊的方式对峙着。

　　当我有了孩子,唱着那首《长大后我就成了你》,试图回归母亲的怀抱时,她笑了,眼里闪着晶莹的泪光。谁说女儿不是母亲的贴心小棉袄呢?我与母亲都等待的这一过程太长了。从疏离惧怕的情感到如今亲密无间的同行,母亲释放的爱走进了幽深的路径,而我们亦是曲解、误会了。当我与妹妹说起母亲的爱的时候,两个人的感受都是那么类似。

　　回忆是一场温暖的绽放,当母亲走进这一场景的时候,我成长的时光就明亮斑斓了。这样一种厚度,这样一种硬度,足以抚平我内心所有的脆弱。只愿母亲身心俱安,福享晚年!

昆明的冬天不寂寞

南方的城越来越暖了,冬天没了冬天的意蕴,就像一个姑娘少了些羞涩的表情,终是难以撩到有情人的心坎上。少了动心,少了荡漾,与平庸就相近了。雪,仿佛只适合生存在天气预报里。即使偶尔在某年某时跌跌撞撞地洒落些,正在惊喜之时,它就停了。好在,昆明的日子,只要二十摄氏度,就不寂寞了。这个温度恰恰撑得起冬樱花的烂漫,诱得来西伯利亚的海鸥。

一树一树的樱花,灿然绽放,开在圆通山,开在行道旁、校园里、小区里,葳蕤生香,大品大格。昆明的花,因了这气候,便成了一种大气象,当得起"春城无处不飞花,寒食东风御柳斜"的赞,受得住"映日横陈酣国色,倚风小舞荡天魔"的誉。

最拿得出手的,永远是那些远道而来的客人。昆明,给了它们宾至如归之感。老昆明人是否还记得第一拨海鸥飞来的冬天?不知在谁的带领下,扑啦啦就飞到了昆明的上空,见到这两池水,就爱上了。它们在这里生息养性,子子孙孙,来来往往。一对对翅膀,

把消息带到遥远的地方,这一片乐土上的友善,自此如冬樱花那样,繁华茂盛。

它们为了避严寒,飞越万水千山,落在昆明的水上,翠湖和滇池就年年生动起来。因了这些美丽的小精灵,昆明人就不寂寞了,做鸥粮、卖鸥食、喂海鸥,顿时成了一种生活的时尚。人人可以端着个相机,或是拿着一个手机,对着飞翔的鸥,拍、拍、拍,再以各种方式告诉世界上的人,我们大昆明,人与鸥如此和谐,岁月静美如斯。

绕着翠湖一圈一圈地走,走累了,就坐在凳子上,看凌空飞舞的鸥,沉浸在它们欢乐的世界里。树的身上,刚刚褪去了衣裳,与蓝天赤裸相见,没有任何依附的美,有种遗世独立、卓然优雅的风姿。时光,永远不会为谁停留。能收于眼底的,便贪婪得如同明天就要死去。

成片的叫声,成片的人群,是不是就有了成片的快乐?看着人们愉悦的神情,我确定我不应该妄自揣测别人的世界。在人的给予和鸥的寻觅中,生活就现出了本来的真相。寂寞常常只是一首老歌,在悼念逝去的岁月时,它才突生些许小伤怀。

忽然就瞥见了一只失去双脚的鸥,被一种轻微的疼袭击了几秒——生活中处处都隐藏着痛苦的端倪。我的目光一直跟随着它飞翔、降落。起起落落中,它显得有些行动困难。好在,它还有飞翔的本领。而人类呢,每一个人都有一颗飞翔的心,足矣。

海埂大坝上的鸥像是更具野性的张力,它们成群结队地飞来,很霸道地争抢着食粮。停歇在远处的鸥,在等待着某种神秘的召唤。鸥一队队地飞过来,又飞过去,在它们的乐园里尽情地表演。我曾试图仔细地观察它们飞翔的姿势——张开翅膀,迎着风,沐着光,向前,向上,向下,上仰,俯冲。遇见食物时,它们甚至可以来一次小急刹，有一个向后退的缓冲，一嘴叼起食物就飞走了。黄脚、黑脚、红嘴、黄嘴，一身白色的羽毛。昆明人对它们的爱，洒满一地。

某天，看到杨宗友老师拍的一组海鸥飞翔的照片，天空压得很低，海鸥凌空展翅，雄壮豪迈。小小的海鸥，身体里似乎蕴藏着巨大的能量，以各种姿态争相出镜，每一种飞翔都是有力的。摄影的魅力在于定格时光中瞬间的美好，让人迷恋、难忘。所以，才有无数摄影师愿意乐此不疲地将镜头对着那些飞舞的小精灵。

已是深冬，刚下了一夜的雨，我担心那些小精灵的白色羽毛弄脏弄湿了。在云朵压得很低的地方，我远远地看见了它们欢乐的身影，顿时，心就飞扬起来。

恨不相逢，一直未嫁

这三村十里路上流传着一句俚语："养大牛大马好看，养大姑娘难看！"我还是小姑娘的时候，这只是一句话而已。后来，我长成了大姑娘，比我小的姑娘小伙子们都嫁娶生子了，这句话对于我来说就变得庄重而残酷了。尤其是当我回到村子里，一些才牙牙学语的娃娃被人教着，叫我姑妈、姨妈的时候，我的小心肝就像是被村子里的大黑猫抓了好几下。可找对象这事，我急得了吗？像模像样地相了几回亲，那感觉太像集市上卖牲口，从品相、皮毛乃至家底，被人窥探尽了。好在，老天没打算让我当"剩女"，缘分来了，就稀里糊涂地嫁了。

如今，这事儿又摊上我的表妹、侄女们。吾家有女初长成，这是多么美好的意象呀！若是有个陌上少年郎，不必骑着白马，也不必唱着情歌，他只要款款而来，以游龙之姿、惊鸿之才捕获我家妙龄女郎的芳心，那就是皆大欢喜之事。偏偏，这事让人愁上了眉头，掰着手指头一算，竟是到了令人着急的年龄，就连我这等不问

"正事"的人,都跟着瞎掺和起来。我像是全忘了那些被七姑八姨催婚的焦灼岁月,俨然成了其最大的帮凶。

相亲,又是相亲。不相,大概也是不行的了。侄女说:"孃,我不想去了。"我说:"你想成为待价而沽的商品吗?你看,养大牛大马好看,养大姑娘真是不大好看了。"说出这句话,我觉得自己一下子就变成了我奶奶的模样。我追问:"你相的那几次亲,为何'流产'了?"她说:"第一次,大概是人家没看上我,我也没看上人家,吃了顿饭,便孔雀东南飞,连徘徊也省了。第二次,吃完饭相约去爬西山,才上了几级石阶,便上气不接下气,他说他只是肺有些不好。上帝,我孃,肺不好,肺是多么重要的器官呀!第三次,人告诉我说他只是头发有点少,待我见了,那叫头发少吗?是直接没有头发呀!"

天呀,我的儿,事出有因,孃支持你。她说:"第四次,一见面就说结婚的事,说是家里催婚。难不成我是子弹,专门射他父母玩的呀?"我的乖乖,打住吧,咱不相亲了。我说:"你摇微信试试,也许有惊喜。"她说,怕太不靠谱了。我说:"我们都是多靠谱的人,不也在玩微信吗?"这妞沉默。我比沉默还难看。末了,她说:"上大学时,有几个追求者,你们说要好好学习,天天向上,怪我太听你们的话了,到现在,连恋爱也没谈过。"天呀,我一直痛恨都好几大年岁了还说自己没有初吻的姑娘,如今我还敢说恨吗?让我先哭一会儿去,呜呜呜呜!

　　好吧,恨不相逢,所以才未嫁了。咱们先来种一片草,自会有骏马奔来。乖,从今天起,一定要记得把自己打扮得漂漂亮亮,每一天都如此,因为你不知道自己的白马王子何时出现。男人永远是视觉动物,无论他们成熟还是不成熟,一生都会对美貌"贼心不死"。记住,美貌是女人的一张有效的通行证,并且它可以通过化妆技巧来

完成。说完这些，我怎么觉得自己像个女骗子似的？对，"骗子"，专门"骗"那些"外貌协会"的男人，因为只有先"骗"了他们的眼睛，才有机会"骗取"他们的心呀。

小表妹自由恋爱，总该是全家欢喜的事了。可这对"小牛小马"更让人不省心——表妹的对象是她的同学，毕业时带回来，举家哗然，全家人一致拼全身之力投入反对大潮之中。她的父亲振振有词，理由有三：第一，文凭太低，这么漂亮的女儿，怎么着也得找一个大学生；第二，对方父母离婚，家庭不完整带来的负面影响会波及子孙；第三，五官有缺损，不够光明正大。无奈这姑娘吃了秤砣铁了心，死活是跟定人家了。再次见面时，小伙子对准岳父提出的三个问题的回答如是："第一，文凭低是小事，我心不低，正在努力；第二，父母离婚是他们的选择，与我无关；第三，我的耳朵是有些缺陷，这很遗憾，但不是我造成的，也不是我希望的，除了有碍美观，并不影响使用效果。再说，现在的发型师完全有能力掩盖这种不美观。"再多的反对意见，遇上铜墙铁壁，完全是鸡蛋碰在石头上，就认了吧。好在，结局皆大欢喜。再后来，那个小伙子通过不断努力，创造了一家人的幸福生活，所有人都忘记了他曾有过什么让人不愉快的地方。

这是一次相逢正好，所以嫁了，且嫁得好的喜事！

其实,要嫁出去是一件简单的事情,只是要嫁对人却是一件不简单的事。找一个对眼的人,再对上心,这确实是一个浩大的工程,关乎一生的幸福。诚愿我家的姑娘们都有一双慧眼,得上天大佑,好运多多,福气多多!

娘和她的土地

端午节前一天,娘来了,背着她背了好些年的一个破旧的背箩。背箩里装着我的"节日",里面有艾叶、蚕豆、蒜头、鸡蛋和各种新鲜的水果、蔬菜。

一进家门,她就忙着把背箩里的东西一件件往外拾,嘴里说着这些东西的来历。她说,这艾叶,隔壁的大娘去年在端午节那天去街上卖,一元钱一棵,忙着过节的人们不一会儿就哄抢完了。这蚕豆今年收成不大好,为了这个节日,她泡了一些出芽的蚕豆,给我们炒着吃、煮着吃、炸着吃。还有这鲜艳的红嘴桃子,去年才栽下,今年就结了几十个,味道不同以往的桃子,因为它的树苗产自千里之外的红河。

娘的土地里仿佛会长出金娃娃,她拿着锄头镰刀出去一趟,就刨出割来许多能换钱的东西。在娘的眼里,这个家就是从土地里生长出来的。所以,她厌恶邻居们趁她不在家时,以各种不同的方式侵占她的土地。尽管我们一再表示对那几亩薄地不在意,也丝毫不能动摇她对土地的热爱。她要一辈子守在她的村子里，保护着属于她的土地。

娘没日没夜地在她的土地上劳作，才五十岁的时候，娘就常说她的膝盖疼痛。医院鉴定的结果是有滑膜炎和风湿，甚至说是类风湿。听说哪里有良医，我费尽周折也带着娘去，可终是不见好转。

娘嫌上儿女家的高楼腿脚疼痛，往往才住几日，就忙着回到她的土地上去了，好像她的疼痛在自己的土地上就能得到有效的缓解。她甚至还上到高高的树上去摘果子，爬到楼顶去换漏雨的瓦片。我不知道，那时候娘的腿有多疼痛，我只知道，娘做这些的时候很开心。

每每担心娘的腿疼时，她总会立即列举出村里几个腿疾比她更严重的婶娘。她说："你看谁不是这样过日子的？哪里都会有疼痛，小病小灾的，会有谁天天要说着讲着呢？"说得我惭愧不已。在娘的坚强面前，我的那些小悲伤小情怀又算得了什么呢？何况它们只可能与风与花有关，略微沾些草沾些露，就让娘埋在她的土地里吧。

娘挽起她的裤管，用她自己泡制的药酒擦着膝盖。娘说，这些生长在阴暗角落里的千里马，确有奇效，用它们泡的酒，是消炎杀

菌的良药。娘曾泡一瓶给过我,起初,我有些嫌弃它黑乎乎的液体,后来亲自试过才发现,对于皮肤,它确实比药店里那些被说得天花乱坠的药膏强多了。娘总是对民间的偏方保持着很高的兴致,她说她带大那么多孩子,小时候病了痛了,有谁是输过一次液的?如今,这么小的孩子,一去医院,这样检查那样化验,最终都得输液才能好。

娘说完这些,重重地叹息了一声,把她的裤管慢慢往下放。我这时才发现,三十摄氏度的高温,娘竟然还穿着秋裤。我扇着扇子,直说天气好热。娘说她不热,若是脱了秋裤,她就冷了,她不能让自己产生没有穿裤子的感觉。

多少年了,娘无论在多热的天都穿着秋裤。我知道,娘在夏天穿秋裤是有来历的。每年收割麦子的时候,娘在她的土地上从早忙到晚,那一茬一茬的麦子,娘的镰刀一挥,它们就归顺到娘的手里,任娘捆绑抱揽。娘用细细的绳子,背回一垛一垛的麦子,她的膝盖跪拜过每一寸土地。娘说,刚收割过的麦田,新麦茬有些锋利,她一跪上去就戳伤了膝盖,若是穿上秋裤,就多了层保护,尽管热些,但少了些疼痛。

娘说得好生轻松,而我的膝盖似有一阵阵的疼痛肆意地席卷过来。如今,娘的麦田送给别人耕种了,她却再也脱不下她的秋裤。穿上它,娘觉得她还一直与她的土地亲近着。

静听鸟语

窗外的桂树上有只鸟,每天负责把一个林子叫醒。它的声音会开花,会结果。早晨,它叫我"翠,翠,翠",有时我又觉得是"魏,魏,魏"。其实,在村子里小翠和大彩是一样的。这真是只聪明的鸟,它知道我的姓氏和小名。

有一次我多喝了几口,它一直在我耳边说"醉,醉,醉"。待黑了晚了,它又会说"累,累,累",有时,我也听成"睡,睡,睡"。每一次它都把尾音在舌尖上婉转地拖长,像一个温柔的母亲压抑住心中的喜或怒,把最后一个音节拖长了,以示强调。

我常常不知道这只鸟来去的方向。有时,我打开窗子,一阵幽香迎面入怀,我便忘记了是来寻鸟的影子,探询着眉眼细数那些黄色的小花朵,一些有关桂花的诗句随之沉浮。桂树密密的枝叶交叠缠绵着,想要在它们中间发现一只鸟的影子,比看清一朵桂花的前尘往事还困难。

就这样,我与这只鸟一直神交着,我静静地在它的声音里迷醉。直到最后一朵桂花落尽了，我与它还是无缘相识。在一个心事稠绵的早晨，忽然有了一种冲动，我在它的叫声里小跑到楼下的桂树林子里。它像是知道我的小秘密，羞涩地止住了言语，任我在桂树下等待、张望，再听不见它的呼唤。没了声音的源头，世界就空寂了。

我在桂树下想起了那些从西伯利亚飞来的鸥，它们每年冬天都来月牙湖安居乐业，大方欢快地与人嬉闹。偶尔，它们也玩起躲猫猫。湖面上没了它们的影子时，我就尖着嗓子叫喊几声，它们便热情地从某个角落飞起。每当这个时候，我的孩子就会说我是一个懂鸟语的妈妈。我踮起脚尖，撮起嘴唇用更轻的声音向桂树林呼叫了几声，倒是有几只鸟惊慌失措地飞走了。我不知道它会是哪一只鸟。想要在一群人里分辨一见钟情的目光，这得有多大的运气和福分呀。

桂树的旁边有一棵高大的朴树，叽叽喳喳，飞来了两只鸟，它们才停在枝头上就开始亲热对话。一只鸟的叫声憨憨粗粗的，有着男性的雄壮；另一只鸟的声音尖尖细细的，类似女性的阴柔。它们一唱一和了很久，像是在互诉衷肠，又像是争辩着什么。隔着语言的障碍，我只是一个看客。但我更愿意把它们想成一对恩爱的夫妻，纵临大难，也不分西东，有争有合，有爱有暖。

我不知道世界上是否真的有人懂得鸟类的语言,但我一直愿意与鸟类做朋友。我少年时代的快乐,有一部分收藏在院子上面的燕窝里,它们用我听不懂的语言呼儿唤女,分工协作,像一个团结友爱的大家庭;有一部分收藏在清明节前后的竹林里,有两种鸟的叫声很特别,一种鸟叫着"清明酒醉",与节气很是应景,另一种鸟叫着"民心向背",那时,我刚接触到政治课本上的这个名词,觉得特别新鲜和有趣,我们家门口的鸟居然也知道我的学科。

那种欢乐就像在小河里打水漂的,它们每叫一声,我就打成一次。

与鸟做伴的时光,是纯净明媚的。燕子飞来的时候,春天就到了。布谷鸟在播种的季节叫着"布谷,布谷"。秋天,大雁排着队列从头顶上飞过。冬天,小麻雀们就要来晒场上偷食粮食了。天空中时时有飞鸟的痕迹,我们在大地上模仿自由的模样。仰望蓝天时,一群白鸽扑棱棱地飞过,我的腋窝下面像是迅速长出了几根羽毛。

广场上,孙大爷把两只黑八哥悬挂在香樟树上,我经过的时候,一只热情地向我打招呼"早上好",另一只很沉默。孙大爷说,鸟跟人一样,有灵泛的,有老实的。接着,那只被孙大爷看作是灵鸟的八哥就一直讲个不停,从"床前明月光"说到"我是中国人"。它还冒充识数的鸟,一本正经地从一数到八。果真是八哥呀!我说九的时候,它抖动着羽毛模仿人类的笑声,也许它在说:"老憨,作为八哥,哪里需要数到九呢?"

孙大爷说,前天,他开了笼子,沉默的那只鸟飞到了树梢,像是它已经被嫉妒折磨的心得到了解脱,终于自由了。你看,人类总是那么自作多情,对于鸟儿,嫉妒又是何物呢?孙大爷找了几天,那只鸟不知去向。终于有一天,它又飞回来了。孙大爷把笼子打开,它蹦蹦跳跳地进了笼子,像是一个流离失所的孩子终于找到家园。人类向往飞翔的自由，也许鸟类还向往人类有一个温暖舒适的家。有时，我看到高大的杨树上的那些鸟窝时，总是担心它们不能抵御寒风，便不自觉地想起了课本里那只冻死了的寒号鸟。

  又一个清晨来临，窗外那只鸟又在呼唤我。每一次听见，我都产生想看看它的模样的念想。就像那年冬天，我在楼顶上看见三只花喜鹊时蹑手蹑脚的欢喜，迅速打开童年。而这只鸟，我们相识很久，但素未谋面。它用声音打开我的另一种视角，与那些伟大的灵魂用文字和影音图像打开我的另一种通道一样，都是自然的、世界的。

我与彬的情感公约数

春季学期已经开学一个多月了,我才看见彬的一篇开学日记。彼时,北京的春天正在谢幕。我读完她的文字,满心欣喜,像玉兰花瓣扑进我的怀里。日子在花谢花飞中,一年又一年,就像彬在她的教学和阅读里,送走一拨又一拨的孩子。春花秋月,各自美好。

她读《瓦尔登湖》《绿山墙的安妮》《风中的纸屑》《人生的智慧》,声音在夜空中有点孤独,但孤独得纯粹。听众也很少,她说,有几个就很好了,至少还有几个。我看见她怀抱里长大了的女儿楚楚小朋友爱上了阅读,这颗种子已经开始萌芽了,她跟着妈妈字正腔圆地成为朗读者。彬是普通话测评员,她嘱咐我来北京要练习好普通话再回去。

我与彬算不上是好友,但也不能说不是好友。她是身上自带光芒的人。但"光芒"二字很有意味:成为光时,照亮黑暗;成为芒时,难免刺伤人的眼睛。我们大概能算是同类人。至少我们能相互欣赏,彼此祝福。这样一来,就像我与她的情感公约数得到了一个最大值。我们能在一些书里相遇,她读得有声有色,我听得有滋有味。至于写什么,或许都只是一种心灵的自我安置。不成为出口,或是入口,它就是生活的一部分。我们自由地出入各自的精神领地,互不冒犯。不同的是,她是勇敢的,我是假装勇敢的。

我曾想过,如果我有一个女儿,一定要送去请彬作启蒙教育,让她种下一个爱阅读的好声音。我甚至都想好了,一个粉团团、娇滴滴的女儿,她被我和彬叫作"蛐蛐儿"。那是在秋天的旷野中,月光在舞蹈,蛐蛐儿在鸣叫,我们在天籁之中感受活着的美妙,期待有新生命带来更多的欢愉。

"蛐蛐儿"没有生下来,却让我生出了更大的野心——我想拥有更多的孩子。于是,我们就想让阅读的声音种植在小朋友们的身体

里。在一块土地上播种,无论勤劳还是懒惰,总是会有一些收成的。每当我听到孩子们奶声奶气地叫我"彩妈妈"的时候,我所有的母爱顿时流成一条清澈的河流。那应该是我最光彩照人的时刻。在孩子们中间,我永远童心勃发,母爱泛滥。

为着我心中的小小理想,我创建了一个公益读书馆,命名为"宣威市种太阳阅读公社"。我希望有许多孩子爱上阅读,与书籍认真地交朋友。从筹备到开馆仅仅用了二十七天,近五千册图书就挤满了书架,被社会各界人士给予的温情笼罩着。每一天都过得那么有意义,像是我的那些虚拟的存在感一时找到了最好的注脚。读许多书,不是为了自乐,而是为了让更多的人一起快乐。有爱和温暖包裹的日子是明亮的。我和彬都被正午的阳光直射着。正值初冬,温度恰好。

开馆仪式从我们共同喊出"阅读,让你走进不一样的世界"开始,来的人有多少没有数过,但确实是有些夏日长空春风浩荡的宽阔。那么多向往书籍的童心,有了一次不一样的体验。在那一时刻,不止我和彬,我们都在阅读的世界里拥有情感的最大公约数——种太阳。

离开一座小城快一个月了,常常会觉得自己已经开始腐朽,需要些新绿的点缀,以示活着的新鲜,就一直想把阅读的提倡和推广与彬和更多的人共同做下去。它没有金钱的收益,但在精神上的收益是不能估量的。让孩子们放下手机,在一本本书里打开一扇扇窗户,这一直是我和彬,以及更多的人所希望的。于是,就有了诗人小箭和清川他们组织的另一次活动:春天,给孩子们读首诗。

我在遥远孤冷的北方,心是南方燕语的温软。那么多人,正在让书籍洒满阳光。老妇聊发少年心事,眉目春色,面色红润,竟然要与街头的桃花去比美了。

回到彬的那篇有意思的文章,那是一堂别开生面的课。在开学第一天,她让我看见一对对飞翔的翅膀。一个个小天使扑腾到她的怀里、我的怀里。我不知道,未来之手是否会有一双统一思想的剪刀,让他们成为流水线上的合格产品。但在这一刻,我满目生辉,心有皓月。

香 案

楼上有一张桌子,自小我就知道,那叫供桌。桌子陈旧古老,早已看不出它本来的颜色了。那是一种经过很多岁月抚摸之后呈现出来的,看似朴素,却隐藏着无限厚重和神秘的色调。它沉重得令我不敢亲近,它神秘得让我很想走近。

供桌上有一个香案,有时它沉默着,宛如它的身世一样,深不可测。有人说它来自清朝官家,也有人说,它不过是民国年间某个窑里的普通产物。总之,它来我们家许多年了,自我父亲的父亲的父亲开始,它就一直被供奉在案前。有时香案里香雾缭绕,透过袅袅青烟,我仿佛看到我的祖先们和蔼亲切的面容。

香案的正前方,供着一方天地,正中央书着"天地君亲师位",两边放着两个巨大的青花瓷瓶,瓶子里插满扁柏树枝。每年春节,香案的事是头等大事,定由家里最有权威的人来完成,实际上不是爷爷就是父亲。仿佛这是一项光荣的使命,一旦承担了这项使命,就意味着你成了名誉上的家长,可以享受中国传统里的嫡系的荣耀。

父亲把擦洗花瓶的任务交给我，那时，我觉得是无上的荣光。我总是小心地清洗灰尘，一遍又一遍，生怕有遗漏的地方，然后装上清水，再插上弟弟们从庙宇旁边那株古老的柏树上采来的柏枝，小心翼翼地把它们请上供桌。当父亲带着我们把香案前的事务打理完毕的时候，外面已陆续地响起了鞭炮的声音。香案前摆放着果子、茶、酒、饭菜，父亲说要请天地君亲师们和祖宗们一起欢度节日。今天的幸福都是他们赐予的，忘记这些就等于忘本。我清楚地记得，父亲认真地教会我们作揖叩首的正确姿势。

父亲虔诚地点上油灯，豆大的灯光里透出神秘。它的位置，是现代文明难以取代的。香案里燃着香面，那种直抵人心的气味，让人有种穿越时光的喜悦安详之感。

年初一至初三，香案前的斋饭茶酒，每天都会更新。当父亲端下冰冷的斋饭，并对我们说吃那些饭可延年益寿的时候，他的眼睛里有被祖先们恩宠过的痕迹。为了这个美好的祝福，我们都争抢着吃。

后来，父亲的牌位也摆在了香案前，他的生年，与他的母亲，也就是我祖母的生年，都短得让人心痛。我恨这岁月的无情飞逝，恨这光阴的河东河西。它让这个苦难的家庭，在悲伤和淡忘悲伤

的途中挣扎不息。

　　每年春节,仪式简约了,但虔诚的心灵是从来没有改变过的。我们姐弟妹们从各处奔回来,母亲的心就安宁了。若是我们有异议，想劝说她离开，到别处去过年，母亲总是以香案前的事情作为最有力的拒绝。母亲深信，她的每一次叩拜，香案前供奉着的天地君亲师、祖宗神灵，一定会知道的。

那么帅的哥

某个微冷的夜,陪刚下自习的小子出校门去买文具,娘儿俩有说有笑地傻乐呵。从最初抱着他出门总被人说"娘壮儿肥",至如今出去人说是"姐弟成行",陪伴他成长的时光,总是那么斑斓明亮。忽然,他就不言语了,貌似有点紧张的感觉,然后悄悄地用手碰碰我的手臂说:"妈妈,那么帅的哥,你居然没看见?"我问:"谁?"他说:"我们钱老师啊!"我回头望去,一辆自行车载着一个全身运动装束的人正渐渐远去。

夜黑灯稀处,要让我辨认一个我不大熟悉的人,这显然是有些难度的。而小子就有了微愠,甚至还娇憨地质疑我:"妈妈,如果连这么帅的哥你都看不见,真不知道,你当年是如何看见我爸爸的。"他如此言语,至少向我传达了一种最可靠的信息:他无比崇拜他的语文老师。即使在这几次语文考试中他的语文成绩平平,我也从不担忧,我坚信有一天,他的语文成绩会好起来的。我记得在我的印象中,对于自己喜欢的老师教授的学科,我是从来没有学不好的。

　　我一直觉得我是幸运的母亲，自己没成为一个出色的家长，却常常意外地遇见一些出色的老师。在小子眼里，老师的话是圣旨，必须执行彻底，而妈妈的话是不重要的文件精神，适当领会领会就过去了。更多的时候，我只是一个照顾他的衣食住行的保姆，偶尔照进一束恰当的光，引领他走一段狭而黑的小路。知识的填充、理想的充盈、精神的成长，全都是他的老师们在做的事。

　　我期待每天他下自习回来与我滔滔不绝地分享，然后睡在床上吼上两首歌，他就安然入睡了。从他那里，我知道他有一个认真负责的班主任缪老师，这是他的数学老师。他这么对我说："妈妈，无论我去得多早，我们缪老师都一定比我早。我想超过他一次，但一次都没成功。""我吃了感冒药，眼皮打架得厉害，但我不可能睡着的，因为缪老师讲课的声音很大，强调的语气很重。"他怕缪老师，是带着敬畏的那种怕。说缪老师上课时很凶，下课时又很温柔，想亲近也不敢，想疏远更不可能。又爱又怕的感觉恰好是一个学生对班主任应该有的最佳距离，真好！他这样总结老师们的授课方式：缪老师是激情授课法，钱老师是趣味授课法，高老师是传统授课法，样样都好。

　　每每提到钱老师，他就有说不完的话题。于是，我知道了钱老

师讲课的声音抑扬顿挫，课堂气氛轻松愉快，知识面拓展得特别宽，即使批评起学生来，也是那么与众不同。比如某次班上一个叫雄的学生回答不上问题，钱老师幽了那个学生一默，说："难道你真想做个小狗熊吗？"笑声中的批评，总比严肃的批评更容易让人记住。有时他还会与学生打成一片，称学生为"某哥"。还有一次我从济南回来，小子就要考我趵突泉边的对联，他张口就背出来："佛脚清泉，飘飘飘飘飘下两条玉带；源头活水，冒冒冒冒冒出一串珍珠。"一问才知是钱老师课堂之外发的"福利"，他居然记下了，还把我考倒了。

我猜想是缘于钱老师的优点太多,学生们太喜欢他,所以他就成了"最帅的哥"。不是说,人不是因为美丽而可爱,而是因为可爱而美丽吗?这话,应该也适用于男性。而小子不同意,他说:"是因为他本来就帅,简直帅呆了,与汤姆·克鲁斯一样帅。"他还强调,"就是《碟中谍5》中那个男主角,老妈,难道你不记得了?"然后他学了一个剧中的动作,霸气与帅气俱"漏"的那个镜头。我可是从小汤到老汤的"铁粉",这下,我缴械投降。我说:"好吧,小子,我承认你们钱老师就是最帅的哥了。"

　　常常遗憾,不能成为一名光荣的老师,备受学生喜爱,尽享桃李满天下的成就。如果有一次可以重新选择职业的机会,我想成为一名老师,成为一名学生爱戴的老师,有学生愿意以我的样子来衡量美丑,以我的行为来判定是非,其实,也就是我家小子口中那一句"那么帅的哥",足矣!

问 药

老中医高龄耳背,低着头认真地把脉,探询的目光从黑色镜框上面向我投来,浑浊中带着一种饱经风霜的智慧。他眼睛里的白色眼球体远远多过黑色,据说这样的人诚信坦荡。他已经很老了,眼前这双干枯的手,为无数人抓掉过身上的病。

他按脉象问询我的症状,我点头或是摇头,花了很大力气才让他明了我身上的问题。他低头认真开处方,一本叫《杏林集》的药书认真地躺在他的桌上,外面是络绎来问诊的人。

老中医的家在巷子深处,要穿过几个弄堂,经过一座古老的钟楼,再经过一条窄窄的小巷子,听见几声气势汹汹的狗叫,才到他的院子。院子里开着一种不知名的紫色花朵,茂盛而肆意,像是在与这冰凌凌的天空较劲。若不是因为他在江湖行医的名气,我是不大可能抵达这偏僻的旧城角落的。

来了,倒是对这些古旧的巷子产生了浓厚的兴致。那些青砖、青石板,都是有些年代的旧物了。旧物,总是有一些值得信赖的温

度,有种对岁月失而复得的怀念,抑或是一种睹物思人的小感伤。站在老中医陈旧的院子里,我仿佛不是一个病人,药医不了我身体的疾病,倒是这些零落星散的旧物,能治愈我身体的衰败及精神的干瘪。

老中医的一些药是装在瓶子里的,那些瓶子是青花瓷的,印着些青色的"喜"字。我不知道这些瓶子的来历,但喜欢它们一排排挤在一起,像一些刚刚萌生出来的精致心事。又觉着那些瓶子里装的是我及与我同病的人的旧疾,就在老中医一揭一盖的动作里,那些住进身体里的魔就被收进了他的宝瓶里,化成一阵轻烟。老中医一边喘气咳嗽,一边斯斯慢慢地称量着草药。信赖,就像是意念中一棵茂盛的大树,让我在老和旧之间无可保留地靠上去。那一刻,仿佛我身上的病已经好了一半。

老中医叫我的名字时,我恍惚看见了我的祖母拄着拐杖坐在院子里,我时时记得她有心口疼的老毛病,犯病时,捂着胸口,额头冒冷汗,嘴唇青白。我常被她吓得不知所措,在她的疼痛中,慌乱地从一个茶色瓶子里抖出两粒白色的药,她吃下去后,症状就慢慢消失了。那时,我觉得那是神仙的妙药啊,想拜药王菩萨为上师,专拔除苍生苦痛。祖母的疼痛消失后,我很快就忘记了这个念头。它被无数个新鲜的念头所取代,并不断更替。我以为人间的每一种疾病,都可以在赤脚医生那里药到病除,直到一场胸口疼痛突然袭来,夺去了我父亲年轻的生命。

救得了祖母的白色药粒,却对父亲的疼痛没有丝毫作用。从此,我就痛恨医院和疾病。每次走过医院时的心绞拧结,都源于我失去人间至爱的伤悲。可我无法摆脱身体上顽强生出的一些疾病,每每要去医院里,闻那些熟悉而又惊心的味道,看一张张麻木的面容。更多的时候,我怀念乡间有赤脚医生的年代,在他们那里,不用开具从上到下检查的清单,不用凭着机器的眼睛来判断,而是望闻问切后,就能知道病灶的根源。在这个深深的巷子里,我回到了童年,回到了一种熟悉的药香里。

药在文火上,弥漫着丝丝缕缕的热气,细细地煨,慢慢地等。当那些黑乎乎的液体被倒进碗里时,我对生活就多出了一种盼望。待这身子轻了,病好了,我必定要像一只欢快的鸟儿,天天歌唱生活的美好。苦苦的味道顺着我的喉咙,滑到我的肠胃里。那些侵扰我健康的坏东西,在我的身体里,将被统统绞杀。

身上的病就像春蚕吐丝那样,一点点地吐出,却像是永远也吐不完似的,直到我的身子结成一个茧子,对外面的世界有了抵御的工具。我从最初的不适,至慢慢习惯,习惯了失去嗅觉的世界,习惯了在一个不经意的早晨,突然闻见花香或是汽油味时的喜极之态。当然,也在习惯中厌倦了许多东西,我曾念念不忘的热闹和美好,对我亦失去了诱惑。甚至突然在某个时刻,我就想到了生死。是啊,这些不应该有的念头,我应该绞灭,我那么年轻,可我的父亲及祖母,他们当时也是那么年轻啊。

药还在火上,我翻开祖母的照片,看着她慈祥的脸,有泪盈上眼眶。她是这个世界上最爱我的人,我的童年和少年都藏在她的皱纹里。我是她的眼珠子,从未走出过她的眼睛。想起她,就免不得要想起一瓶药的去向。祖母对生命的抗争,不仅表现为对生的欲望,还表现为对死的决绝。她每天早早起来,就把自己打扮得整齐光鲜,她说,早起三光,迟起三慌。她一生酷爱首饰,以为环佩叮当的女人才美。她把每一天的生活装扮得整洁美好,为一家人变着花样的吃喝用尽了心思。她的每一次小疾病,都能通过最普通的药得到解决。她对从后山采摘来的每一棵草药及瓶子里那些过期的药,都充满了感情。祖母看它们的眼神,有着看我时的爱怜。不知是在哪一个深夜里,在一只老猫凄厉的叫声中,她大概想到了死亡,而后,开始了对另一种药的痴迷。她不知从何处听来,安眠药可以置人于死地,那是一种有尊严的轻松死法。她秘密地开始了她的计划,终于费尽心机搞到一瓶安眠药,一百粒,足以致命的一百粒。

祖母像一个保守住巨大秘密的孩子,难免会在某个时刻露出些端倪。那时,我还小,每天晚上只想听她讲些古老的故事,白天,只想吃她做的各种口味的面食,像只得了馋痨的小猫。她对我讲生死,我漠不关心,或者说是听不明白。她举了许多例子,说一个人的修造不好,死的时候都难。我说,人为什么要死呀?她说,人总是要死的，就怕死的时候太痛苦，折磨自己，也折磨别人。

若是父亲知道祖母对我讲这些事，他是不会让我与祖母每天晚上同榻而眠的。父亲喜欢我做个快乐的孩子，他带我上山时，遇见路边的野花，就采摘下来戴在我的头上。那些与药和疼痛有关的话题，他喜欢回避，就像祖母在每一次洗她的小脚时，总要回避所有的人。但父亲总会说起，我一岁时吃错药，他们把安眠药当成了维生素，差点影响了我的智商。

祖母手里的安眠药像一颗隐藏在家里的炸弹，她在深深的不安中，把那个装着药的小瓶子，从一只木箱移到另一只木箱里，从这个罐子挪到那个罐子里，再或是床脚下，或是墙洞里，用一些破旧的棉花包裹着。没有人知道她在折腾什么，我们的生活都是她折腾得越来越好了的。终于有一天，她再也无法保守住心中的秘密，在饭桌上她向父亲坦白她的想法。全家人张大了嘴巴，看着这个我们仿佛不认识的祖母。她却轻松如往常一样，盛饭添菜。父亲严厉地让她把药交出来，她又是轻笑，说："万一哪天起不来床了，我是不想连累你们的，几颗药就能解决的事，早晚都是要走黄泉路，又何必为多活几天，让我自己受罪，也让你们受罪呢？"

那顿饭吃得惊心，父亲终是无法胜过他的母亲。然后，他开始楼上楼下地翻箱倒柜。祖母以一个胜利者的姿态，眯眼笑着，她大概得意她作为继母的成功,有一个如此在意她的儿子。徒劳之后,他把这个艰巨的任务交给了我。以往,为祖母找药,那些求生的药,都在那个柜子里,它们在祖母的指引下,药到病除。而这一次,是求死的药,家不大,但对于一个藏匿者来说,有无限的可能,更何况那是一个细小的瓶子。

在每天晚上与祖母同眠时,我就成了一个有心思的孩子,总是试图打探那瓶药的下落。祖母对我是警惕的。她一会儿说在某个抽屉的角落里,一会儿又说在某个箱子里,待我按她说的地方去找寻时,一切都是空的。祖母大概也很纠结,一个好生活着的人,不到万不得已,又怎能想到死呢?祖母的万一,像是埋在家里的一个祸端,让全家人的视线都转移到她也许将要做的傻事上。

某个夜晚,一个天真的小女孩突然脑洞大开。因为家里刚来了一个医生,于是我就编造了一个谎言。我告诉祖母,即使将那一瓶安眠药吃下去,人也是不会死的,它们只能让一个人口吐白沫,求生不能,求死不行,受尽人间折磨,还是死不掉。祖母一骨碌从床上爬起来,用惊讶的语气质问我是真的吗,得到肯定的答案后,祖母一夜辗转。第二天,那瓶药就到了我手上。我拿着它向父亲展示我的胜利成果,父亲摸摸我的头,狠狠地表扬了我的聪明。然后,我就像射出的箭一样直奔河边,把那些药一一倒进河水里,心头的石头顿时放下来。

　　一次关于药的波浪，平复了。祖母安然地活到九十岁，逢初一、十五吃素礼佛，笃信天堂的存在。在摔了一跤之后，一场感冒让她日渐虚弱，她干枯的手抚摸着我时，我全身都在疼着。药，对她已无效。我想让那些液体来帮助她，医生们都不愿意时，我立即想到了自己，我觉得我也能。她手臂上的那些青筋，一定能承受她的孙女儿使用笨拙的方法，就像她在我人生中教会我的无数回第一次。

　　药，没挽留住祖母的生命，也没有挽留住父亲的生命。我的药，就在火上，我从进屋的每一个人捂鼻的动作里，感知到浓浓的药味儿漫过了屋里的书香墨香。我静静地等待着一身的轻灵与安爽。我的命，就在我的呼吸里，在明天与意外之间，谁先抵达都变得不重要。当下的困顿与不安，当下的拥有与思索，让我深知，我活着时，被药爱过，也被药害过。

神秘黑皮包

村子里谁家来了客人,到了晚上全村的人就都知道了。这些客人中,毛脚女婿们是来得最勤快的了。通常他们背着背箩来,背箩看上去很重的样子,里面都是孝敬岳父母的东西。其实也就是些酒、糖、面条、鸡蛋之类的东西,但在农村,这些已算能拿得出手的东西了。我的姑父一年也会来上几次。他与别人家的女婿不同,他每次来,总是挎着一个大黑皮包,黑皮包方方正正、鼓鼓囊囊的样子。而且他穿戴得很整齐——蓝颜色或是黑颜色的卡其布的中山装,连脖子下面的那一粒纽扣也扣得严严实实的,上衣的口袋里永远别着一支钢笔。因为他与别人家的女婿不同,他是国家干部,在城里的大工厂里工作。

他一进家门就冲着我爷爷"爹、爹、爹"地叫得勤快。爷爷的哮喘正犯得厉害,抬起头看见他的那一刻,眼睛亮了起来,高兴地叫奶奶给他做汤圆或是下面条去。但我几乎没有听到过姑父称呼我奶奶"妈"的声音,后来才知因为我姑妈抗拒她的后娘,这种情绪就传染给了我的姑父。即使后来姑妈生病了,奶奶不遗余力地帮她照看两个孩子,最后也只是落得个"她外婆"或是"老外婆"的称呼。但这些对奶奶来说,似乎已经够了。我也因此对姑妈有了一种抗拒的心理,我的心永远和奶奶在一起,凡是不喜欢奶奶的,就是我不喜欢的。

姑父坐在爷爷的旁边,他那只黑色的皮包很神秘地摆放在一边,他一边和爷爷说话,一边拿出一罐一罐的蜂蜜,或是什么鱼肝油、麦乳精之类的东西。这些在农村里见不到的东西就成了稀罕的宝贝,它们一样一样被摆放在橱柜上,很醒目,很引人。姑父与爷爷攀谈了一会儿后,才想起我们这些小鬼头来,一个一个叫到跟前来,拉拉抱抱,摸摸头发和脸蛋,然后转身拉开那个神秘的黑皮包,把水果糖和饼干分发给我们吃。吃完以后,我们站在窗外往里探看,目光总是免不了要落在那个黑皮包上,心里猜想着那里面究竟还有什么好吃的东西。

姑父洗脚的时候,我悄悄地离那个黑皮包近了些,才要一伸手去摸那个黑皮包时,姑父叫我了,我吓得赶紧把手缩回来,心一直跳得厉害,像是自己做了小偷似的。姑父去睡觉的时候,把那只黑皮包也提到楼上去了。这样,我想一探究竟的念头也就成了泡影。但有我这种想法的人,还远不止我一个。第二天一早,姑父发现他的皮包被人翻过了,潦草狼藉的"作案"现场让姑父有些难堪,而我父母脸上更是挂不住了。

姑父翻看了一下皮包,似乎该给的东西都给了,包里就是有限的一点零钱。我妈一伸手把她的小儿子抓过来,拿起门背后的条子就要打,结果大斌比兔子溜得还快,他边跑边说:"我没翻着,不信你问我哥哥。"大辉见了我妈的条子,吓得赶紧说:"是我翻的,不是大斌翻的。"一条子过去扫在了大辉的腿上,他疼得跳起来,哇哇大哭个不停。我妈说:"还以为你最老实,原来你才是鬼!"姑父赶紧拉着我妈不让她打我弟弟,打是不打了,但停不下训斥的声音。她说:"你告诉我,你要翻什么?"大辉一边哭一边说:"我只是想看看皮包里还有什么好吃的,结果什么也没有。"

这种哭笑不得的结果到了我妈这,只能以不断赔礼道歉结束。我妈对我姑父说:"大姐夫,害羞了,对不住你,要是外人嘛,脸往哪放呀?都怪我没管教好他们!"姑父越发不好意思起来,吃饭时一人给了我们一元钱。他说他的皮包里什么也没有了,只有这几块钱,给我们拿着到街上买几个水果糖吃去。我们抑制不住内心的欢喜,赶紧伸手就去接。我妈一声"不准要",又把我们吓住了。推来倒去,那钱还是到了我们手里。我姑父这才一副如释重负的表情,但我妈的脸色就不大好了。至于爷爷和奶奶,倒是满心欢喜的样子。我估摸着爷爷觉着这毛脚女婿处事得当,既不小气,又不伤和气。

后来,我听见大斌质问哥哥:"你几时起来猫去摸皮包的?"大辉说:"我想尿尿,起来就顺便去摸了,只可惜一样吃的也没摸到,还害我挨打。"大斌说:"我早就想去摸了,可惜我一睡着醒来就到天亮了。"我心里一阵暗喜,再不为我心里存着的那点秘密而脸红了。至于我妈一发现事端就想要打她小儿子的举动,我也全然理解了,知子莫若母!还好,她不知道我心里存着的那些小心机,要不,她准要骂我又不守女儿家的规矩,一点儿也不像个姑娘家。自那以后,我们再没有要打开姑父的黑皮包的愿望,但它依旧是神秘的,他每次提着来,又提着回去,我们都在猜想,里面的夹层里肯定还藏着很多宝贝。

摆 白

摆白,这是滇东北村子里的一句土话。"摆",有摆龙门阵、吹牛、侃大山、聊天的意思。"白",则有扯白、说谎、夸张、离奇的意思。两者联系在一起,意思就变得有些复杂了。比如,一群人聚集在一起热闹,会说,来,摆个白玩。于是,你一讲,他一说,就个个入了戏。人们如痴如醉地说着听着,说的人疯疯癫癫,听的人呆呆傻傻,时而悲伤,时而欢笑,似乎每个人都有讲不完的故事,争着抢着要把自己肚里的存货倒出来,以供众乐。再如,某人说话不可信,你也可以说:"你怎么说得跟摆白似的?"虚构的故事是摆白,真实的离奇的故事也是摆白,如嘴上的风一样,轻飘飘的,不费力气就吹过了。它不含有任何轻蔑的意思,更多时候充当一种说话的语气或态度,像一种极度微弱的小对抗,说完就完了。

每当我听到外面高声传来"摆白摆白真摆白,摆起白来了不得。我在太白楼上歇,捉着一个大母虱,请了八十八桌客,最后还剩半大截"时,我就知道是跛脚二爹要来串门子了。于是,龙门阵开始。起初只是几个大人在说,孩子们只有听的份儿。说着说着,外面就有了咳嗽声,风雪中,有推门而入的声音。然后,再有手电筒的光亮照进窗户,门又开了。一个大火炉,一群大人小孩,开启了夜晚的自动摆白模式。他们每一个人都既是演员,又是听众,专注而又随性地进入某个话题,又从这个话题自然地过渡到另一个故事里……

　　那时,没有电灯,没有电视。微弱的煤油灯下,一群神采奕奕的人,个个目光热切地盼着故事情节的发展,从高潮处张大嘴巴的惊讶,落到低迷处的黯然神伤。摆白,成了夜晚一种最迷人的乐趣。我大爹是最会摆白的人,他摆鬼神,摆盗墓贼,一会儿上天,一会儿入地,仿佛那些事他都曾亲自参与,说来头头是道、精彩异常。但一说到毛野人的故事,屋里就迅速安静下来,孩子们都十分紧张。大爹的开场白是这样的:毛野人来了!他就坐在外面瓜棚下那块大石头上,日夜叫喊"胶粘屁股火辣辣,胶粘屁股火辣辣"。然后大爹伸手摸了一把旁边小男孩的屁股,那个孩子尖叫着躲开,所有人都大笑起来。那时,村子前面的大片土地上种满了蚕豆,小孩子们都爱吃炒煳蚕豆。我一边吃着煳蚕豆,一边听故事。在我大爹的故事里,毛野人也爱吃煳蚕豆,但毛野人的煳蚕豆是小孩子们的手指头和脚指头。村子后面的凤凰山腰上有个洞,我总想着那里面应该居住着毛野人,在我们熟睡的时候,他想吃煳蚕豆了,就会偷偷来找村子里的小孩子。

在摆白结束以后,大人们意犹未尽地离开了,小孩子们却一个个不敢睡,总是在大人的骂声和催促声里,才不情愿地往楼上睡去了。灯一吹灭,寂静的夜里,有老鼠啃东西的声音,我总怀疑那是毛野人偷吃煳蚕豆的声音,越想越睡不着,过了好久才昏昏地睡去,梦里全是毛野人的故事。第二天醒来,我不由自主地要向那块大石头看去,看看那里是不是有毛野人来过的印迹。有时,恰好有几个狗屎蛋子,二哥总会指着它们说:"看,昨天晚上毛野人来了,他一直在窗户下,等着吃煳蚕豆呢。"吓得我的头发和汗毛全直立起来。

有时,大爹们也会摆些关于明朝大才子杨升庵的白,他们永远叫他杨状元,以至于我长大后才明白杨状元就是杨升庵。真真假假,虚虚实实,状元郎的故事永远是街头巷尾、村间田头最拿得出手的,因为那是老百姓心中最真切的一个美梦。这种梦想无论谁实现了,都代表着一种难以企及的高度,就连在嘴巴里说一说都是一种莫大的幸福似的。

如果这个状元郎再有些离奇的故事,就更不得了了,一传十,十传百,版本一再升级,直到成为老百姓最喜欢的那种版本,在民间广为流传。在大爹摆的白里,杨状元被贬谪到云南后,爱上了这里的美山美水,不愿意回朝廷了,就哄皇帝老儿说,云南的跳蚤有半斤,蚊子有四两,还说天高地远想念皇帝,要在云南建一座圣上的黄金塑像,以表日夜思念之情。没想到居然感动了皇帝,皇帝许了他许多黄金。总之,故事真真假假,有许多版本。村子里摆白的话语权掌握在谁手里时,谁就有编造故事的权利。至于听众,又有谁找得出驳倒故事真实性的证据呢?故事只是故事,是专门用来摆白玩的。关于杨状元的离奇故事,一边是民间的诗酒山水,另一

边是与朝廷的斗智斗勇,样样都让人听了喜欢。于是,摆起白来就不得了,上齐天,下至地,处处都有杨状元的影子,他会孙大圣的七十二变,每一次变身都留下许多脍炙人口的故事,被人们摆来摆去、添油加醋,最终都成了一个又一个的白。

村子里有一户先富起来的人家,高房大屋盖起,有吃不完的粮食,还养了两匹马和几头牛,有马车,有牛车。任何时代,有车总是一个富裕的标志。村子里的人在感叹人家取得成就时,总会感叹一句:"你说人家做事就像摆白一样。"这里的摆白,就有了轻松、好玩的意思,略微带些小羡慕和小嫉妒,让人难以置信的感觉。

令人奇怪的是,无论摆了多少次的白都是一种新鲜的面孔,百听不厌。到如今,一道门关住了摆白的通道,每一个夜晚都耗在电视机前看别人的故事。没了自我参与的乐趣,再逼真、美好的画面,每个人也都只是场外的观众。

特别怀念成长的时光,自小到大,摆白是人们在闲暇之时最喜欢的消遣方式。它有多种意思,却也不拘泥于某种意思。我奇怪的是,汉语言的魅力在村子里复活了。这个奇怪的词语,人们只要一说出口,就能明白你要摆的是哪门子的白。摆着摆着,人们的头发就悄悄地白了。

孤独的嗅觉

我已经很久闻不到世界的味道了。鼻炎犯得严重的秋冬,漫漫长夜,青敖敖地难受。呼吸时嘴唇的开合,让嘴皮和舌苔风干成裂。靠着这一进一出的气,活着。终是体会了同样是严重鼻炎患者的小妹的痛苦,她向我丢来四个字:生不如死。那时,我还说她矫情。待我经历时,才知真相。

在这两年中,我曾有过两次喜极而泣的小经历。一次是加满油箱时,另一次是楼下的桂花开时,我以为我的嗅觉回来了,巴不得把快乐的心情分享给天空和大地。心花怒放了好一会儿,然后很沮丧地发现,我的嗅觉在跟我玩躲猫猫。

自从我失去嗅觉功能后,我的想象力像是长出了一对小小的翅膀。我凭着记忆辨别灰尘的味道、狭窄的楼道里老鼠奔跑的气息、衣柜里樟脑丸的味道。每当有异味入侵我的鼻子时,一个喷嚏接着一个喷嚏的预警,让我感知我的嗅觉并没有完全离开,它只是一时孤独了。

222

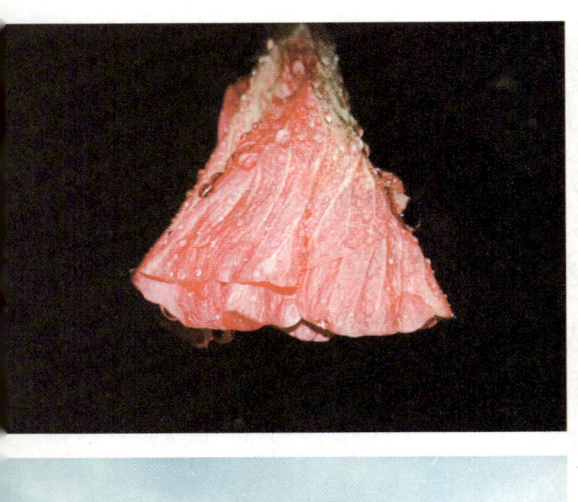

槿茶如饴

从小至大,从来没有离开过火腿的滋养。煮火腿的香味从鼻孔里爬进来的时候,大约应该与登徒子见到美人流出的哈喇子无二致。记忆中存留着一些关于火腿的细节。火腿发酵成熟时,父亲从楼棱上放下一只,用牛骨针或是篾针戳下去,拿出来让母亲闻,以判定它的好坏。香的还是臭的,全在母亲的鼻息间打转儿。有时,盐轻了,火腿就坏了。臭了的肉只能丢了。父亲是闻不到任何味道的,我不知道什么时候他就失去了嗅觉。我从未见父亲抱怨过,倒是被母亲拿出来调笑,说他是不分香臭的人。父亲在一阵哈哈的笑声过后,还是需要借助母亲的嗅觉来辨别火腿的质量。

父亲在睡着了的时候,鼾声如雷。母亲说他是一个夜夜拉风箱的人。那时候,我们不知道这是一种疾病。直到某一年,父亲的两只鼻孔完全出不得气,需要借助嘴巴来呼吸了,他才去医院做了手术。但手术没有令父亲重新获得嗅觉,只是呼吸通畅了。再过几年,父亲的鼻孔又回到从前。直到他离开我们,也没有人切身体会过他的痛苦。后来,他的苦痛慢慢转移到了妹妹和我的身上。在多方治疗无效时,我更愿意理解为遗传基因强大。

远方的朋友来了,我便急着要把最好的宣威火腿拿出来。金钱腿用文火煮熟,切片;陈年的老火腿心子可以生食,用最精的刀工切成薄片,胭红的火腿落在盘里,味蕾已经徐徐打开。友说,快闻闻,特别香。我凑上去,什么也闻不到。友夹起一片火腿,创造性地把它们放进两片松茸中间,放进嘴里,大呼美味。然后,一盘火腿和松茸被迅速扫光。松茸的鲜与火腿的醇配在一起,绝妙地在舌苔上跳出芭蕾舞的美妙身姿。

这一只只"身穿绿袍,形似琵琶"的宣威火腿,从父老乡亲们的牙缝里省下,从家家户户的门槛里走来,它们不仅托举着宣威学子们走出大山,更是创造了无数奇迹。在餐桌上,无论与什么菜品搭配在一起,它们总是穷尽其本色,令人拍案叫绝。

火腿的香味可以在舌尖上辨别,它一直是生活的一部分。鼻炎也是,在可以忽视的地方,我们没有重视它。好像生活在这个地方,被这样的气候浸泡着的人们,鼻子里的炎症就该是自然的一样。大弟上高中时,感冒拖久了患上鼻炎,我带他去看了一个老中医,几服药下去,也就好了。为寻这样一个老中医,我走遍了大街小巷。经年远去,他可安在?

张着嘴巴呼吸的夜晚,梦就像一个个碎片,无法缝补。干燥的嘴里像是有火,一点就着。我用父亲的呼吸在秋冬的夜里睡着、醒来,用妹妹的心去感知生死。常常觉得我的身体周围的空气都稀薄了,我拼命地用鼻子和嘴巴探寻着空气中的负氧离子。

当有一天,几个人捂着嘴巴说有煮煳了的味道,而我浑然未知时,我才真正地意识到我失去嗅觉了。带着某种慌乱,我迫于考证我能拥有的一切。我使劲地用鼻子凑近那些香水瓶子,希望能发现些味道的端倪。除了几个响亮的喷嚏、一把鼻涕和眼泪,再无香气袅袅入鼻。闻香识女人,这样的说法在我这里就没有了安身之处。对"臭男人"这样的字眼便也失去了免疫的功能。世界的香臭,与我都疏离了。

但我对火腿的热爱一直未曾减弱过。在睡不着的夜晚,除了细数伤心和风声,也去想想火腿的香味。想着想着,我就饿了。深夜里失眠的女人大多离幸福的距离就远了,还好,想象比黑夜更加辽阔。想父亲的冷,想自己的凉。身体的疾病和心灵的寂寥都被长夜慢慢放大,活着,该是一件多么悲苦的事呀。

我去看中医的时候,很想把自己藏匿进某一个装中药的抽屉里。每一种中药的名字都那么有诗意,从茯苓、白及、夏枯草到独活、知母、生地,像是生活中的所有故事都被罐装起来。

又一个不能入睡的夜,写了一首小诗:"把身子骨交给一个老中医 / 从舌苔到脉象 / 还有一些逆风的悲伤,躲过 / 望闻问切 / 月亮睡着了。药还醒着 / 叫'独活'的中药有一个好听的别名 / 长生草。它们变身为苦黑的汤水 / 清洗我的罪过 / 生,可怕。长生 / 更可怕。看到人类将实现永远生的愿望时 / 我想潜回母亲的子宫。"

有人说，这首小诗黑白相间，虚实相合，收放自如，有些小禅意小韵味在里头。其实，于我，它就是一味中药。当我把这些文字排列组合完成后，天就亮了。

新的一天并无新意，但总有一些不期而遇的事情需要手脚、心力去完成。忙乱起来的时候，我就会忘记我是用嘴巴还是鼻子呼吸。正如，我的母亲天天在土地上奔忙，她又怎么会对头上的白发和脸上的皱纹有过什么纠结？她那么忙，怎么会有时间老去呢？是的，终是要失去很多的东西，才会明白拥有时的珍贵。但也必然是这样的结局，绝没有一样东西会是白白失去的。

吃完火腿，来年还有新的。空气中的负氧离子也还在，只是我对世界的要求却越来越低了。在这即将来临的夜晚前，我祈祷一个完整的梦。我已经很久没有梦见父亲了。

沉重的托付

伊来单位收拾东西，临行前交给我一个信封，信封口未封。我随口问一声："我能看吗？"伊说："这是专门给你的，但你得等我走了再看。"收了信忙着处理乱麻一样的工作，在电话与琐碎中被催促，疲于应付。

好不容易闲下几分钟，想着这妞葫芦里卖的什么药，居然当面不能说话，要以写信这种方式来与我交流。心里一时平添了好几分古风古意，手下生风，绿意丛丛，暖从身来。

信封里有个小本子，里面记载着她往来的账目。我正纳闷她为何要把这些私密的东西交给我，忽然掉出一张小笺，上面是我熟悉的字迹。我一打开，"遗言"两个字就迎面扑来，我的心脏猛烈地狂跳，手有些不听使唤起来。

我知道伊的身上已挨过四次手术刀的侵略了，这次又传来必须手术的消息。同事们都在痛惜，她那纤弱的躯体怎敌得过这一次次刀光剑影呀！可医生说，要保全性命，得再次手术，这是不二的选择。除了安慰她,再无法为她去做些什么。

我慢慢定下神来,再仔细看,那内容竟是嘱托我,如她有不测,要我在她身后替她把财产交付给儿子云云。电视剧中"临终托孤"的情节就这样悄然来了,我的肩膀像是被千斤的重量压了下来,一时胸闷气短,无法喘气。

如此沉重的托付,叫我如何担承得起呀!转念一想,她怎么可能有意外呢?这不过是一次医院里最平常的手术而已,而且不是能致命的关键部位。她一定不会有事的,一定!心情平复了好一会儿后,我拨通了她的电话,安慰她一定不会有事的。她爽朗的笑声,让我觉得她一定是忘记了她刚给我的吓人的"遗言"。

接着,她去了大城市的医院动手术,我说术后就去看她。信在我的抽屉里,我一打开抽屉,就像靠近了一次轻型的炸药包。每当她的手机关机时,我就会作出种种揣测,越想越害怕,越想越不敢想……我怕她万一有什么意外,我渺小微弱的能量,会辜负了她的重托,那我将要后悔一生。

这样的状态持续了好一段时间,对于我来说,那是一段难挨的日子。我一直活在对生命的恐惧里,慌张地度过每分每秒,糊涂地想一些往事。我想起她遵医嘱不得不放弃很多喜爱的食品,包括她一直很喜欢吃的洋芋,有时实在想吃了,只好放在嘴里嚼一嚼，尝尝味道，就吐了出来；想着她年少的孩子、年老的母亲，及那个不争气的已经成为前夫的男人。人这一生，要历经多少痛苦，才能活得完整呀！

适逢我的另一同事年满六十，刚办理了退休手续，非得在忙碌焦灼中聚一回。穿过酒杯，我看向他，忽然就为他感动起来。一

个花甲子,就这么走了。在一个单位,朝夕相处,都成了不是亲人的亲人了。男同事玩笑时会说:"我与老婆在一起的时间还没与你在一起的时间多呢。"亲人的病痛,怎么能不挂牵呢?

伊的手机沉默了好多天,我每天都拨打,打完就很心碎。终于在某天拨通了,她虚弱的声音像一根线一样,把我的心扯得很疼。但悬在我心上的石头终于放下一点,我确定她离危险越来越远,我离沉重也越来越远了。

那一晚,我睡在黑夜深处,辗转难眠。我数不清天上的云朵和地上的羊群,就像数不清自己受惊吓的次数。我想起了经历过的一些不寻常的托付,它们沉重地压在我的胸口,让夜晚更加漫长。

很久前,另一女同事病了,我陪她散步,她说他年若是她有个三长两短,唯有把女儿托付给我她才放心。因为是面对面的托付,我们还一直谈笑着,心中并无多少恐慌。我以为她只是在过高桥时心中害怕,想要抓紧我的手。我身上的热度也许能融化她身上的一些冰凉,我把手伸向她,并告诉她,天道有情,人间有爱,如花的女儿一定会一直有妈妈陪伴。后来,女同事的身体忽好忽坏,看着她脸上渐深的印记,我倍感岁月苍黄。如今,她的话,更像一阵阵看不见的夜风,凌凌地吹过我的头顶。

那一年春节时,卧病在床的外公颤悠悠地把我唤到床边,他说要把才两岁多的小孙子、七岁的小孙女和十一岁的大孙女托付给我,唯有托付给我,他才能放心。听着面容枯槁的外公上气不接下气的嘱托,我的心肝一点点地掉在地上。我拉着外公的手,眼泪无声地流淌。我不能拒绝,也不敢完全应承呀。我怕外公失望,连连点头说我一定尽力。那是三个失去母亲的孩子,他们只能依靠残疾的父亲放牧一群羊获得生活的微薄来源。这些年,我从不敢怠慢,这个家族的人都不敢怠慢,一路搀扶着他们走了过来。可这些沉重的托付我又怎么经受得起呢?我像一只敞开胸怀的母鸡,扑棱棱就飞来了许多小黄鸭,而我的翅膀却那么轻那么薄,我捂不严实他们呀。在一次航程中,我恰好临近中间的舱门,美丽的空乘告诉我,如有意外,我有责任在第一时间打开舱门。那一次飞行于我不是旅行,更像是一次冒险,飞机一有颠簸,我的心就提到嗓子来。一路上,我满脑子都在想飞机失事后的各种逃生措施,想得惊心动魄,想得惶恐不安。飞机安全着陆时,我终于舒了一口长长的气。一次貌似虚无的托付,却像山一样沉重。我庆幸自己被人信赖,却因为自己力量弱小而惭愧,难免要辜负一些情义。有时,更是超越了自己能力的种种冒险,以致脚下的路走得很艰辛。可这如蝼蚁的生命,谁又不是在负重前行呢?人们不知道哪一天幸福就突然来临了,也不知道哪一天噩梦就横生了。我一直祈祷所有的生命都能行走在正常的轨道里,有福有禄,寿终正寝。但父亲的突然离世,让我觉得归途可能在每一个明天。

无论是高龄仙逝的祖母,还是英年早去的父亲,生命像是隐藏着太多的未知。它强大得可以战胜所有的困难,也脆弱得一瞬即逝。很多嘱托都没来得及说出口,世界就沉默了。所以,我必须时时打扫心灵上的尘埃,我也愿意等待偶尔飘荡的灵魂。如今,我却又常常在想,他年我若有负流年,我应该把自己的身后托付给谁呢?

改天，究竟是哪一天

世界上所有的日子只能分作三天：昨天、今天、明天。而过了今天之后的所有日子都可以被称为"改天"。我们总是对人说，"改天我们聚聚""改天我请你吃饭""改天我去你家坐坐""改天我们一起聊聊"。这一改天，在转身之后，就成了空口白牙，就成了天涯明月。

改天就像一个远期的支票，或者说更像一个空头支票。背书的权利任由我们的性子被忽略或是重视。如果把人情看作交易的筹码，改天只是利益之上的一种有效托词。在需要与被需要之间达成某种共识之后，改天就像是速效伤风感冒药，即时生效。改天就是明天，就是后天，甚至还怕夜长梦多变了卦，坏了美事，恨不能立即让改天变成现在，以期让自己的发热和打喷嚏迅速被止住。通常，改天这种事完全充当年鉴的作用，只是偶尔发挥效用。

人生苦短，相逢匆匆，相聚亦忙忙。告别的话语里，免不得又一个改天我们怎么怎么。有的人，再没有改天的机会；有的人，天天都是改天。改天,成了我们社交生活的重要礼仪语言,自然得就像见面就问"你吃了吗"。它就像一种传染病一样,人人都得上了,只要抛头露面时,就必须把我们往后的生命界定为改天。仿佛,改天不是一个什么日子,它就是一句口头禅。

  有的人见过一面之后,从此万水千山,从此风烟俱净,说一个改天,大概与来生也差不多。可谁又知道,来生,我们将变成一条

河流,还是一株植物,抑或是一块石头呢?不见就不见了,一切自有缘分。尴尬的是,有的人说了改天之后,频繁地出现在你的生活中,起初以又一个改天敷衍过去,说多了,便也不好意思起来。择日不如撞日,就不改了吧,今朝恰有美酒,几杯下去之后,说不定就成了生命中必须存在的那样一个人。人与人之间的交往总是充满了玄机,就像一列远行的火车,有人上来,有人下去。在可以同行的那一程,就一起珍惜吧。每一个改天,保不齐都在明天。要看你与人在前世今生的造化和缘分,该来的就来了,该走的,就改天吧。

一个改天,把成人世界里的虚伪映照得有鼻子有眼睛有美人痣的。实诚的人就当了真,总是追问:"你说了改天要在一起吃顿饭的,改天,到底是改在哪一天?"说者切切,听者戚戚。说改天就是等哪天有空了再约云云,但对于许多人,这改天就遥遥无期,相当于说了再见,就再也不想见到的人。

人至中年,被生活逼迫着做减法。那么多需要这手这心这力去抵达的地方,连崩溃的时间都只能留给失眠。一些不必要的聚会能省也就省了,一些可见可不见的人,不见也就罢了。若是非要认真,逼迫着人把今天之后的改天,都过得像打了补丁一样,像是欠着这世界诸多人情,貌似也是成熟人类的悲剧生活。还是彼此饶恕和放过吧。你不知道别人经历了什么，就别用自己有限的思维去揣度别人的生活。如此说来，成熟与虚伪是多么相似啊！

最要命的是这种陋习已然入侵了我们的家庭。我总是在孩子不时发出的需求里，随口扔出一句"改天我们再去"。在经历了许多次这样的对话以后，某天，孩子就问我："妈妈，改天，究竟是哪一天？"当他用一双实诚的眼睛期待着我的准确答案时，我竟然有些无地自容，为着我那些一次又一次轻松闯关的社交语言，伤害了一个孩子求真的心灵。

就这样混沌地过了许多年，我没有被别人口中的改天迷惑过，随口的一句轻言，见与不见，都是生活。正如我也用同样的语言安抚过每一次轻松或是沉重的离别一样，仿佛未来于我们都无足轻重。改天，不过是空有一身武艺的花架子，看看就够了。当我还抱着一颗孩童之心走进诗歌的世界时，我就知道我的生活还不需要良药来救，因心安而定，因向美而乐。思忖了许多个改天之后，或许我们还是应该对生活认真一点。

改天，是渐行渐远。改天，也是默默关注。如果有一天，你对我说，"改天，我来看你""改天，我们一起吃饭"，你是希望我当真，还是不当真呢？如果我们都是生活里对于彼此重要的人，千万就当真了吧，我们需要对彼此有些期待。我怕在无数个改天之后，我们再也见不到了。如果我们只是生活的过客，一个客套的问候就过去了，我不介意你改天多少次。别问我永远有多远，改天也许就是永远。如果我们是前世相欠的债权，就别再说改天了，我们需要确定一个具体日期，风雨兼程地赶去，兑现一个有效的承诺。

女巫的小聪明

孩子脸上的不愉快，被我用一个甜筒扫光了。我又加了一份胡椒牛排，他一阵欢呼，狠狠地咽了几下口水，早已把刚才向我抱怨周末作业多的事情忘记了。

五分钟前，他的小脸一直拧巴着，言语显得有点激烈："好好的一个周末就这么毁了，这哪是放假，这纯粹是剥削嘛。"我说："那为何不向老师提出合理建议呢？"他说："我找了老师好几趟，都没遇见。"我故意说："那我打电话跟老师理论去。"他一下就提高声音说："不行，现在晚了。我当时是为民请命，是当班委的责任，万一同学们都做了，也不靠我一个人，算了。"

这一回，我摸到他身上的小软肋了——对老师的情感是又爱又怕。他吃饱喝足后，专心投入作业。我忽然又想起一事，也许作业完成后，还应该想办法让他弹一次钢琴。但在此时，我不敢贸然地凑上去，我担心他身上的毛一下子竖起来，说我是周扒皮。小学时他弹了几年钢琴，我不忍心丢掉那些学费，就要求他每周权当娱乐一下，别把手丢生了。遗憾的是，他自从完整地弹了一曲《致爱丽丝》送给我后，就只肯练习哈农了，这像是要与钢琴分手的前奏啊。他每每极不情愿地坐在钢琴前，我妈说，这孩子弹琴的样子，太像挖地了。

我曾多次想放弃"压榨"他的念头，可一想到有一天他站在一群才艺出众的人中间一脸白紫的样子，我就下不了这个决心。我拿他的偶像周杰伦激励他，说："周妈妈肯定也逼迫过儿子练琴，要不她怎么会有这么出色的儿子呢？因为你的未来有多种可能，所以我们需要多做些准备。"他在我的诸种借口和百般鼓动下，很勉强地坚持着。我们常常像谈判的对手，有时是在交换一场游戏的时间，有时很像是我需要一种安抚。我的理由可以像天上的星星那么多，而且永远不重复。他总是上了当之后才发现妈妈是骗子，说妈妈是个邪恶的女巫。

他写作业时，不喜欢我旁观，原因是，避免我看见他写字难看而生气。他那几个字，太像是苍蝇和蚊子醉酒之后轮番爬出来的，歪歪斜斜的，坐没坐相，站没站相。他曾经这么反抗我："你写得也不好看，因为不好，所以你现在才来练字。等我将来有时间了，也可以像你一样练字，还敢梦想着要当个书法家呢。"听上去无懈可击，令我顿时想穿越回去，回到我的一年级，他的一年级，让一切从头来。

　　他急急忙忙地把作业做完之后,居然还剩下半日闲头,且由他恣意快活去。他摆弄了一会儿爱玩的纸飞机之后,就像只泄气的小皮球,连说自己无聊。我一时想起他上初一时每次上美术课前的兴奋,到了初二,这门课就被挤掉了。我便带着他去画家朋友沐恩鸿老师那里讨杯茶喝,事实上,我真是动了周扒皮的心思。

　　一个下午的时间,我们忘记了喝茶的初衷,沐老师拿着画笔教我们娘儿仨画画。另一个娃是朋友家的,那位朋友与他是焦孟之交。我常笑说:"这都是亲生的——一个是我亲生的,另一个是朋友亲生的。"在墨分五色的教诲里,他们迷上了一只虾的画法。甚至,连我也迷上了。从虾的头部开始,眼睛、身体、尾巴、胡须,哪一笔着色要轻,哪一笔笔锋要回,行笔的逆顺次序、回锋的轻重缓停、水与墨的多寡、运笔的疾徐……沐老师一点一滴地讲解和示范,宣纸用了一张又一张,孩子们笔下的虾一只只"活"了起来。在沐老师的夸奖下,他们更是得意和卖力。

待想起要上晚自习时,我才发现自己果真不是亲妈,十万火急地把饿着的孩子们送进学校,自己也胡乱地应付了肚子。下自习的时候,孩子们一边吃着鸡腿一边听我说"抱歉"的样子很是享受。他们已经习惯了有个"邪恶"的妈妈,在旅行中也要寻思着如何让他们知道点什么。他的好朋友这么叫我:"姨——妈。"把"姨"字吞到嗓子里,放大"妈"的声音。听上去,我像是真的多了一个亲生儿子。

有一次与亲友们组团外出,所有的孩子都在我的车上。我承认我是一个好为人师的人,尤其是对孩子们。路过玉溪,我给孩子们讲聂耳的故事。讲完后,我问他们:"聂耳是哪里的人呢?"最小的那个六岁的孩子抢着回答:"姨妈,聂耳是湖南人。"我顿时崩溃。若不是因为他的声音里还有大白兔奶糖的味道,我真是有种渴死的感觉。我一直这么想,即使我是一个懒惰的农民,我也应该在土地上随手种上些种子,借着阳光风雨的天润,一定会有些种子发芽开花吧。对待孩子,我向来这样,不管这孩子是我亲生的,还是别人亲生的，他们都是最好的土地。

我大面积"种庄稼"，其实也是见了一点成效的。这是上天赏赐给笨人的收成。我的孩子常有些惊人之语。比如，他会在我嫌弃他衣衫凌乱时反问我："你见过哪个才华横溢的人是衣冠楚楚的呢？"比如在我多给他玩游戏的时间时，他会说"皇恩浩荡"。比如，他会在将要脱离我的监管时得意忘形，说自己开心得不能自拔。比如，他说："人要是都能以第三人称活着多好呀！"每当看到他捋了捋光秃秃的下巴（这一句来源于他的作文）故作沉思状时，我就觉得世界已经向我打开了一扇通往幸福的大门。

如我这般年龄的人，还有一颗追蝴蝶的心，这绝对是一个文艺妈妈的范儿。有时，他也取笑我太多情，甚至不惜用一些贬义词，发现我脸色不好时，就眨巴着眼睛乞求我原谅。那样的时刻，我的心就像被用柴火烧过的锅烟子抹了十几回，黑花虎脸一会儿之后，我还是得换上一副笑脸。谁让这肉是我身上掉下来的呢。

我愿意守护一颗热爱自由的童心，我们试着以更好的方式成为母子，成为朋友。可有时候，我在孩子的眼里就像一件夏天的棉袄，显得十分多余。他会略施小计让我远离他的视线，而后又怀着一颗抱歉的心试图讨好我。不高兴时，他泪如夏雨，哄不得，抱不得。高兴时，他便"老娘""小娘""大哥""老妈"地叫得欢快，像是我前世的小情人。爱恨不是、离舍不得的小人儿呀,让母爱的河流永远波光粼粼。

某日,风大,有泪。孩子凑过身子来说:"我妈其实是一个很脆弱的人,一言不合就要哭,搞得我不哭我也很尴尬。"这一说,我笑得眼泪真的流出来了。他说这是幸福的眼泪。我让他描述一下幸福的感知力,他说这个有点困难,就好像一个人的牙齿里卡了东西,舌头是触得到的,手一去,就找不到了。

陪伴一个孩子成长,我是第一次,就像摸着石头过河的盲人。诸多教育中的困惑没有一个统一的答案,因为每一个孩子都是不一样的天使。每一个妈妈,也都有自己独一无二的表达爱的方式。但有一点是一致的:我们总是不放弃一切机会,絮絮叨叨地把自己的人生经验倾囊相授,盼望孩子们长成一棵棵树的样子,能承担雾霭、虹霓、风雨、雷电。

当有一天,我正在画一串葡萄的时候,我的孩子放学回来了,他十分不服气地接过画笔,认真地画了一串葡萄,画完之后,露出要当我老师的神情。那一刻,更加让我明白言传与身教的意义。如此,我还是要坚持做一个孩子心中的女巫,调动我所有的小聪明,只为在孩子的脑子里播下些种子,并奢望它们能开花结果。

再说宣威女人

好几年前,因为有感于这片寒山瘦水所养育出来的女人的艰辛和不易,又亲眼见证她们的勤劳勇敢、大气豁达、乐观向上,我就信手写了篇《宣威女人》。如今回望,虽笔法稚拙,却也情感饱满真挚,是我纯真年华里写出的美好一笔,至今还被一些公众号转载,也在坊间广为流传,还引出一些笑谈。

这篇文章被收录进我的第一部散文集《陌上花开时》里,在新书发布会上,宣威市政协原主席沈庆美先生不吝赞扬。他说:"宣威的名气是猪挣来的,也是女人挣来的,男人自愧弗如。"沈先生说话一直以幽默著称,此番言语引来掌声、笑声一片。后来此话流传到坊间,就变异为"宣威的名气是猪和女人挣来"的。又有好事者问我:"这让男人情何以堪?男人不如女人还是不如猪?"我蒙面自羞,赶紧说:"宣威男人最厉害,他们就像中国人寿保险的广告词:'相知多年,值得托付!'"

坊间笑谈,倒也融乐。当然,也难免有不怀好意者,让人心生尴尬。但如我这样的人,从小与猪一起长大,小伙伴们开口闭口就说"你是猪呀",并没有觉得受到侮辱。事实上,我一直想写一篇《宣威男人》,又怕把握不好火候,万一得罪了几十万宣威男人,岂不是自找没趣?曾有外地朋友跟我说:"宣威男人也太低调了,明明是千万身家,去哪里还抱着个大竹筒,坐下蹲下都要咕噜噜吸上几口,穿得随意,不修边幅。"我说:"那你肯定是没看见过宣威男人在商场、职场上玉树临风、谈笑风生、运筹帷幄的样子,他们有指挥千军万马的能力,却也不排除指挥不了家里那个宣威女人的情形。"宣威男人的血气、担当和大爱,可以从战场上的老将军、老英雄,数到现代社会对大家、小家的隐忍、包容,甚至牺牲和成全。每一段鲜明的往事背后都有一个宣威男人不屈的精神,无论成功还是失败,他们都代表了老东山的高度。

前些日子在昆明用滴滴打车,因了这烙上的乡音,司机一听就知我是宣威女人。问他怎知,他说他媳妇是宣威乐丰人。我在心中暗自怜惜,又是一个被宣威女人"荼毒"的男人。这司机十分有趣,他说:"你们宣威婆娘真是太能干了,把一个大家料理得好好生生,上下左右都有口碑。"我问:"你怕她吗?"他说:"敢不怕吗?恶得很。"这一个"恶"字,把我的鱼尾纹、抬头纹全笑出来了。这是多么能代表宣威女人身上的特征的一个字,在如此贫瘠的土

地上顽强生长的女子，不对自己恶一点，又怎么会有超强的生命力？不对别人恶一点，又怎么能证明我一直存在着？不恶得让你看见，显然是我的不对。所以，宣威女人在想一个人的时候，也难免是恶狠狠地想，想得粗犷豪迈，想得豪华迷人。

今儿一早，一群娶了宣威女人的男同学在微信上愤愤地抱怨，自己是如何被宣威女人收拾得妥妥当当的，依旧离不了一个"恶"字。但从那一个字眼里，你分明能听出那是一个男人对女人彻底"归顺"以后的幸福和温情。他们都在各自的事业上有所建树,正是人生风光时。徐同学是大才子,他说了一句话:"一个成功男人的背后一定要有一个宣威女人!"这句话大概是我目前听到的对宣威女人最大的褒奖,可以作为宣威女人最好的广告词。

事实上,各方水土养育的人都有自己的特质,都有例外,没有放之四海而皆准的答案。我只是抓住某一方面的特质来说说罢了。如果你不是我说的这种人,也不要生气伤了小心肝。之所以要说上点题外话,纯粹是因为某君看了我写的《宣威女人》产生了诸多不愉快。据说他读完文章顿时变成一只愤怒的小鸟,把报纸揉成一团狠狠地丢进纸篓里,就像要把我也丢进纸篓一样。他认为我辱没了宣威男人的高大形象,干吗要让宣威女人自成体统?待好几年后我见到此君时,他的火气已入冰雪,尚存几丝余怒,但责备还是免不了的。而我却完全是个不识趣的憨货,以虚心接受但坚决不改的嘻哈态度,关上两只耳朵只顾吃。一个人的一孔之见,干吗非要上纲上线?淡定!

去过许多地方,或是吴侬软语莺莺燕燕,或是端庄大气知性迷人,或是精明算计时尚前卫,女人们的精气神往往代表了一座城市的底气。宣威这座小城市,一翻开底牌,你看不见几个含着金汤匙出生的女人,在土地上生存的女人们日顶骄阳夜乘月色,在闹市里居住的女人们也免不得为了追求更好的生活劳碌操心,玩儿命地努力打拼。上得厅堂,下得厨房,这些在宣威女人身上都弱爆了。我常常赞扬她们身上的劳动美,一个人就能当得一支队伍。

宣威女人身上的坚硬,表现在生活的里里外外,她也许永远都要大声豁嗓地说话,雷厉风行地做事。宣威女人身上的柔软,是存留在心中的田园风光,对老人对孩子对爱人对人世,亦复如是地付出无怨无悔。如果她们是温柔内敛的,那在她们的低头浅笑里,也一定隐藏着稻穗积蓄的力量。可以陪你马上打江山,成功时按住你的意气风发,失败时陪你东山再起。经得了荣耀,受得起打击。疼可当兄弟,累可做红颜。你需要她是女人时,她可以百媚千娇万紫千红。你受伤了可以枕在她身后,她会以千军之势为你夺回江山。但你千万别忘记哄她宠她爱她,给不起物质的时候,也一定别忘记精神上的温柔抚慰,且一定要大方一点,用力一点。

一方水土养一方人,坚硬的地域里生长出些硬朗的女人,也生长出些伟岸的男人,这是一种风景,也是一种骄傲。

花落几许人不知

　　小朋友给我发来一条消息，告知另一个小朋友的高考分数，一个有些令人失望的分数，与他考进高中时的期望值相比打了很大的折扣。勉强过二本线的分数后面，一个轻微的感叹号。我不知应该如何安慰他，匆匆打了一行字："我们都做了自己该做的那一部分，剩下的自有天命，终有归宿。"

　　接下来，就是长久的沉默。亦如这三年来，我们从未彼此打扰的空间。

　　三年前那个开学季，八中校长在朋友圈发了一条该校贫困学生需要帮助的消息。一个高分孩子的身后，是令人心痛的贫困和苦难。我才把这条消息转发出去，立即就被好多人的大爱之心包围。这世间，总是有一些人愿意在黑暗的地方点燃希望的光亮。

　　我在他们中做选择的时候，考虑了许多因素。我知道其中一些人并不富裕，但他们从来不在苦难的地方缺席。那个叫冰的女孩，热爱诗歌如第二生命，在爱上公益事业之后，诗歌就成了她摆放在冷宫里的古董。我常常看着她为山区的孩子们操各种心,觉得她就是天使在人间的代言人。亦知道她的种种艰辛和不易,在能解决问题的时候,我不愿意给她增添负累,就像她每次筹善款我略尽绵薄之力时,她总是心疼我,让我先解决好七大姑八大姨家的事。独善与兼济之间,总是隔着太远的距离。我们都在努力。

左右思量,上下参之,我就把目光放在了一个富二代小朋友身上。我为他有这样的情怀而感动,在他的同类人中,他无疑是可以单列计算的。就像那些年说起煤老板和有文化的煤老板,他们必定是不一样的。

后来，我们就一起去了学校，一起见到了那个孩子。校长是宽厚温暖的校长，学校是宽敞明亮的学校，小朋友亦是宽仁大度的小朋友，就连那个孩子，也穿着宽宽松松的校服站在面前。一时，我恍然觉得整个世界的度量都应该以"宽"作为刻度。

黑黑瘦瘦的一个孩子，带着腼腆的笑，拘谨地站在那里，明显的营养不良让他小小的身体与校服互相别扭着。我忽然就笑了起来，因为我看见两个同样皮肤、同样"板型"的人，像是一对前世走失的兄弟。我把这些讲出来，成了一伙人的笑点，气氛也渐渐放松下来。原来，他们是同样的民族，几百年前，也许还真是一家人。

在相谈甚欢的氛围里，小朋友承诺不仅负担这个孩子高中三年的费用，如果他考上"985""211"大学，还可以负担至毕业。按当时他的中考分数，这是一个可以轻松达到的目标。一半是鼓励，另一半可算是承诺，总该是一场欢喜的缘分。

此后，我们都消失在彼此的生活中，我甚至都不记得那个孩子姓什么、叫什么，就连与小朋友偶遇的概率都在小数点之后。我一直觉得能给予是一种幸福，远比被施与的人更快乐。如果一直把对别人的帮助当作一回事放在心上，就会变成一种贪恋回报的恶习。一切有附加条件的善良，都是一种假意的慈悲。

三年之后，我以为会是一个皆大欢喜的结局。因为我总是相信，在苦难之后那些拔地而起的力量，会以惊人的速度生长。面对这个不大理想的结果，我还是有几丝难过，像是一件好事自己没有把它做得更好，已经辜负了别人的善良。

事实上，自从去年之后，我对一些生活的评估体系也在不断修正。我以为我那么努力地对一个人好，希望他能在我的呵护下茁壮成长，我给予我可以给他的一切，让他忘记身后的苦难，长成一棵树的样子，再去庇护他身后那些需要她的人。后来，他以一个连他都不好意思说出口的分数偷袭了我。

我不知道我对他的满心满意的付出是爱他，还是害他。我对自己质疑了很久，亦对自己过度的热情自省了好几百次，最后得出一个浅显的道理：有人愿意拉你一把，是你的运气和福气，关键是你要在主观上愿意伸出手去，才会有合力向上一跃的欢喜。单靠一方的努力，即便累死八十头老黄牛，也相当于做了一厢情愿的无用功，连自我感动都谈不上。

任何人的出身都是不可以选择的，能把手里的一把烂牌打赢了才是真本事，只有不断学习和奋斗才是制胜的法宝。有的人走走停停，停停看看，短时间内，你看到的是别人的一个背影。当别人的努力成为你仰视的高度时，黄土飞沙已掩埋你的半身，不遂的又岂止是心愿？

其实,我想要说的只是,无论是学习,还是生活,你是否认真尽力对待了的问题。如梁启超先生在写给长女梁思顺的信中说:"天下事业无所谓大小,只要在自己的责任内,尽自己力量做去,便是第一等人物。"这第一等人物,原来是人人都可以成为的,小朋友已经做了第一等人物,另一个小朋友且看明天。

我知道,人生有多种可能,高考只是一个驿站。从这里启程,桥有桥的优雅,路有路的福相。就像乘坐经济舱的人以为他们与头等舱同时到达目的地,而当有一天自己可以乘坐头等舱时,才知道到达与到达之间,还隔着一个精彩的过程。然而,只能乘坐经济舱时,也必须那么想才能获取幸福。重要的在于,你是否具有成长型的思维,有一种上扬的人生态度。

红肥绿瘦,年年有时,花落几许人不知。但愿我们所见,皆有一个更好的开始,向着自己奔跑的方向,成为第一等人物。

告别"骚年"

这世间,没有哪一次告别经不起时光的蹂躏。再惊天动地,再婉转百回,再华丽雍容,不构成事故的,终会成为一个故事。许多年以后,被有心有情人在特定的时刻揽过抱过,轻抚片刻,三滴清泪,两句感叹,松松手,耸耸肩,也就过去了。没有谁会是谁生命里过不去的劫难,即使真有过,如果不是错觉,也就是一些人生的非正常状态罢了。

旅行,是给未来最好的纪念

这一年,我终于囊无羞涩,要做的第一件事情就是给自己的未来涨些"姿势"。

我绝对是一个称职的小市民,在碗里多了几颗油珠子后,就特别想去看看邻居们都在过什么日子,以方便自己在比较中产生些小优越的快乐感。毕竟,我外婆说过,过日子要看着不如自己的人过,才有幸福的感觉。如果要向上攀爬,那一定得选一个好一些的参照,向着那个地方发力。那些年,她背着一个重重的背箩,往返于街市间换取生活,在我抱怨脊背皮都快磨破时,她就语重心长地说:"快背上吧,等我们到家了,这箩里的东西也就到家了。"她还说:"人都是便宜虫,哪里有好处就往哪里钻。"如今,外婆已经去了另一个世界,她说过的话,一些被时间忘记了,一些被我记住了。

日子还在一天天地继续,不好也不坏。但对美好的向往,一直没有断过。

那年初,刚下过一场小雪,不顾寒袭,我带领家小,从太平洋飘到印度洋。看见了美丽的岛屿、阳光、沙滩、海岸,就是没有见到仙人掌、老船长和我的外婆。我妈高兴成一个老小孩,面对大海,发出了隐忍多年的尖叫。大姑子光着脚丫跃跃跳跳,惊喜得像是回到了童年。小朋友与鱼戏水,像一只迎风翱翔的鸥,想把天空当作自由的家园。某人故作高深状,眯着眼睛看着椰树林出神,细问才知,其心可鉴——想省点银子。忽地为自己长久贫穷过后的挥霍而深感罪恶万分。但仅是三秒,我的罪恶感就被浪花冲走了。谁要在欢乐的时刻想些不欢乐的事,才是最大的罪恶呢。

007岛就在眼前,比电影上的画面还美。人们站在游艇上,争相练习跳水。我每到船舷边,就小腿颤抖,如临深渊。生怕一跳就不能浮出海面,葬身鱼腹。而对面的游艇上,一群俄罗斯姑娘正跳得欢快,皮肤白,身材好。人是入群的动物,群体的狂欢、群体的狂热,皆因为有人带头。我终于鼓足勇气跳了下去。这一跃,我就成了一条快乐的鲤鱼,来来回回地游,来来回回地跳。船上,唯有一个男人不动心,他以狗刨式的姿态浮在海面,连看热闹都显得很不耐烦。我说:"你跳吧,我都敢跳,你能的。"他说:"你是女人啊!"我又说:"我儿子都敢跳,你一定能行的。"他说:"他是小孩啊。"好吧,他应该来自火星。

拖家带口地从泰国回来,亢奋了些日子。我妈说回来一个月了,还感觉像在船上,摇晃得厉害。问及人家什么好,都说还是自己的家好。琳琅满目的海鲜,也不如咱滇东北高原上的土豆,无论是烧的煮的蒸的炸的都好,土豆的一百多种做法,怎么做都是好吃的。"这些命里缺土豆的人民啊,叫我如何是好?"说完这句,我"摸"了"摸"自己的良心。其实,我对土豆的钟爱,比他们尤甚。养活自己,比养牛还简单,牛草要人供,我可以和我妈一起种土豆。

正兴致勃勃地计划下次出行要带我妈去中国台湾和日本看看人家怎么生活时,她就向我坚决地宣布,即使我倒贴银子给她,她也不愿意再出去旅游了。她说黄土都埋到半截身子了,国门也出过了,还犯得着再糟蹋银子吗?为何无人哭着喊着求着请着要带我出去玩呢？她说："谁让你没生个女儿出来。"摸摸堆满脂肪的肚皮，肚子里空落落的，这日渐衰老的子宫啊，还能生长出一个新的生命吗？这让人纠结成麻花的二胎政策呀，为何不早些来临？如若上天要恩赐于我，我也必定敞开胸怀，用早已泛滥的母爱，以甘甜的乳汁优待之。

生活永远充满了不可预知，还没从泰国的沙滩梦中醒来，就接到闺密要去欧洲的电话。她以各种理由劝说我，就像每次她需要我的时候，总把我说成是无人可代替的唯一。即使是预期要与人发生争吵这样的事，她也可以说得天花乱坠，舍我其谁。我只能心甘情愿地降服。面对一个有着天使的面容、魔鬼的智商的女人，除了举手，还有举足。

办签证时，同行的女人们，个个环佩叮当，金在脖上，玉在手上。唯独我，上下无饰物，一副天寒白屋贫的寒酸样儿。一绅士在身旁，不失时机地卖弄他的观察能力。我左右侧目，忍俊不禁了几秒，再把脖子向上提升了三厘米之后，用高冷的语气对他说："你认为我还需要佩戴什么饰物吗？哦，对了，腹有诗书气自华。"我说出这后一句就笑成了一朵大菊花，像一个站不稳当的老人，颤颤抖抖了许久，才止住笑声。

航程有点长，因为没有一个优美的睡姿，以致夜更漫长。一下飞机，欧洲不一样的风景迎面扑来，驱散了所有的睡意和疲劳。不同的肤色，不同的语言，城市、乡村——跃入眼帘。无论是残垣断壁，还是辉煌的教堂，抑或是一个不起眼的小镇，万种风情，在窗外，在眼前，都是我从未亲见的画面。两只眼睛都不够使了，外加一只相机的眼睛。

在世界上最大的葡萄酒桶上舞了一曲，品了最正宗的红酒，说了许多夹生的英文。莱茵河像它的名字一样美好，碧蓝的水，悠然流淌。塞纳河是浑浊的，我对它比对前男友失望多了。在这里，我找不到一丝诗意的感觉。除了忙碌的游船、兴奋的游客，就只有远眺埃菲尔铁塔，寻找巴黎圣母院，想象卡西莫多的样子。

巴黎的街头依旧充满文艺气息，许多人的才华都放在地上流淌，以期被识货的人拾起，然后身价百倍地站在橱窗里。凡尔赛宫很大很大，我随着拥挤的人群从这个迷宫到那个迷宫，不断地合影拍照，更多的像是为了向别人炫耀来过这里。人这一生，花费太多的时间用来活给别人看了。而真正的艺术，它应该是孤独的，只有孤独，才有思想，才有智慧，才有创造。

美丽的阿尔卑斯山脉，横亘绵延，举目都是想拜谒的美好。琉森湖上，仪态优雅的白天鹅，肥硕健美，让人突生欢悦。酒店的窗外，玉带缠山腰，湖面生云烟。欧洲的土地，就像一个巨大的高尔

夫球场,处处有绿草,有树荫,花与房子各有秩序。我不是一个媚外的人,但足上这双皮鞋,在欧洲六国穿行十数天,无寸土裸露,无尘埃可染。

一路的美景,一车的欢声笑语。我也被感染得没边没际、不知深浅,充分发挥了编故事的能力,随便"移花接木""指鹿为马"。有些眼泪不是伤心才有的,它很有可能是笑出来的。

  最后的行程,很俗气地安排了购物,俗气地买了些自认为不俗气的东西。为了弄清衣服的尺码,连比带画的英文,实在让人想找根云南米线来吊死。闺密以表扬我的英文比她好的态度,救回了我想死的心。于是我在心中暗自发誓,回来一定要做两件事:学英语和温习欧洲历史。欧洲历史在导游刘兰的口中如莲盛开,我听得津津有味。但大多数人在大巴上被她的滔滔不绝讲得睡着了。我多么希望她脑袋上有一个 U 盘接口,可用数据线导入我脑中。迄今为止,她是我遇到的最优秀的导游,尚没有之一。

  别了,我的欧洲之旅,一切都是才开始就要结束了。在戴高乐机场挥挥手,以仰望蓝天的姿势,怀念一个异国的将军。

  回来后,该忘记的,我还是义无反顾地忘记了,比如学英语和温习欧洲历史这两件事。

文字就是诗和远方

  这一年,文字于我,已不是米和盐。诗和远方都在我笔端流淌的时候,我找到了快乐的根。如今,它枝繁叶茂地站在我的生命里。因为不曾盼望有什么终结点,或是能达到什么高度,我便有了许多意外和惊喜。老天爷对一个幸福触点低的人过于宽宏大量，当我承认自己是一根稻草的时候，我就遇见了许多"大闸蟹"。出版了第几本书，这已不成什么新鲜事，就连新书上了亚马逊心灵类畅销书排行榜时，亦无太多的惊喜。倒是被排列在前后的大师们的名字吓出了一身冷汗，比如我敬仰的星云大师的名字。我为此激动得老泪湿春衫，但风一吹，衣也就干了。

闲暇时光，我喜欢徜徉在小说、散文、诗歌的表达里，挥霍日子，活得像个富人。每收到点稿费，就大大咧咧地说要养我的闺密们。以至我遇好事时，她们不等我嘚瑟，便已流露出求养的神情。感恩生命中的男女知己们，他们是上天赐给我的最美好的礼物。在我出生之前，他们就已长在我必经的路上，可以共享雾霭虹霓，可以分担风雨雷电。我们都是彼此生命里，必须存在的那样一个人。

上刊的规格越来越高，约稿的字数越来越难倒自己。难上的选刊也上了，中学生升学的现代阅读题，连我也做不及格。有友戏说，他年我故，会不会考一道题目：叶浅韵的原名叫什么？有时候，惶恐会大于幸福。有时候，喜悦会穿透梦境。总该是过上了想要取悦自己的日子。有柴有米，有诗有酒，有知己有爱人，远离了消耗自己生命的人，淡出了爱恨尖锐的圈子。

近来,我还遇到了一个不错的公众号,被"铁匠"的名字深深吸引。那个叫英姬的姑娘加我好友时,我想着这应是广寒宫里寂寞的嫦娥吧,没想到是一只有温度的蝴蝶,还有一颗如铁的匠心。未见其人,已然如故。人与人的气场,是奇怪的妙缘。世界上最远的距离是,你在我对面玩手机;世界上最近的距离也是,你在我对面玩手机。有时,我眼前就忽然浮现嵇康打铁时的龙章凤姿、骄傲的神情、健硕的身体。那是怎样一个极品男人呀,美其丰姿,金玉其内,一曲《广陵散》,天下绝无双。这样一家铺子,咱买铁去,买铁来炼钢,百炼成钢后,我就有了绕指的柔情,缠在谁的指尖上,酿蜜,也酿毒,酿一场场欢喜,也酿一场场阴谋。

前院敞亮,后院葳蕤

这一年,家室同心,子宜夫壮。子在少年的轨道上,轻车熟路,学无苦海。借他的话来说,除了语文成绩有时略显凄凉,其他一切皆有欣欣向荣之态,心中蔚然。某次,他顽皮地问是否丢了我的脸面,我说我的脸面太小了,只够我自个儿丢,不用劳烦他。我是一个要求不高的母亲,极度不愿意压榨孩子的剩余生产力。总该留着些智商,去留意那些学习之外的事。我一万个不愿意有一天儿长成了书呆子,百事不思,还需要我发动朋友圈,四处去张罗一个可以当我儿媳妇的陌生女子。唯有看着老师们辛苦之时,才觉自己不是一个特别努力的家长。愿我的放养,能让小朋友长些野性的本领,长成顶天立地的男子汉大丈夫。那时,若再嫌弃我长得矮小,我一定要做小鸟依人状。这一生,玲珑之心周身遍长,却无玲珑之事慰心。

某人奋发努力,目标坚定,完全是一只涨势良好的绩优股。目前尚无脱轨迹象,尽管有时对面容姣好身材火辣的年轻女子表现出非一般的好感,巴不得能替人家做点什么去。所谓食色,性也,亦属正常的范畴。君当我为妾,我亦敢恃宠而骄。牙齿与舌头,也常常碰着咬着,但通常是,我得寸进尺时,他便装作节节败退;他若反攻阵地,我当然要退避三舍。战争结束后,选一个长风万里的时刻,我必定要签订些不平等条约,变本加厉地侵略他的领土。如此,便也有趣。如有人所说,人合适,天天过的是情人节;人不合适,天天都过的是清明节。

不得不去的医院,不得不见的医生

这一年,母亲病身煎熬。人间的幸福,莫过于一家老小安康太平。一次意外的体检,竟如惊雷劈来。可怕的消息就像传染病一样,让人在生死之间惊慌失措。我妈却固执得像一块生铁,任我嘴皮磨破，她自岿然不动，令我束手无策。待头疼频繁时，她才肯动身。

开颅，就像是打开一扇门，一边通向死亡，一边通向新生。在手术室外的焦灼等待与恢复时期的痛苦煎熬，让我一直难以下降的体重直线下降，速速炼成纤腰女子。在医院与我妈斗智斗勇，道高魔高，皆没有医生高。主治医生温良亲切，有款有型，帅到让人很想与他交个朋友。他与我们家老太太聊到喝酒，老太太一下子神采飞扬。他还说手术完了，不几天，老太太就可以下地挖秋天的土豆了。托他的福，手术第三天，我妈就能下床了。良性的化验结果出来时，举家欢呼。一把明亮的手术刀，给了我妈一个明亮的身体。

三个月后复查，结果优良。心终于落回肚里，怀抱着取暖。后怕之症却日益严重，手术失败的例子，一个接一个地听到。若是从前听到，万不敢去冒险。爸爸走得太早，我只有妈妈了。尽管她常常用她身上长着的刺戳疼我，我也愿意一生被她坚硬地爱着，爱得我泣不成声，爱得我喘不过气。我不能没有妈妈呀！自此后，愿她岁月绵长，福寿安康，想骂人的时候，就来骂她的女儿们；不想骂人的时候，就去爱她的小白菜、小青菜吧。

不就是一只蚊子吗

早餐时,发现燕麦粥里有一只蚊子,我悄悄弄出来放在盘子里,用餐巾纸盖了。年轻的服务生来上咖啡,他轻轻地在我耳边说:"我帮您换一碗吧。" 我笑笑对他说:"谁没吃过几只蚊子呢?"安心地把粥喝完了。

我曾在餐馆里见过几次闹剧,客人发现菜里有虫子或是长发,怒气冲冲地向服务生发火。老板打着哈哈弯着腰,连连说对不起,另换一份云云。若是处理不当,有人就一副要泼服务生一脸,砸了人家餐馆的架势。

理亏嘴短,赔礼便是,却偏偏有人借故要这江湖脾气。大致意思是想证明自己是个高贵的人,容不得脏糜之物,反倒是见了小家子气,真是令人叹息。

挨饿受冻时,谁舍得浪费一点粮食呢?别说是一只小蚊子,就是掉在狗屎上的粑粑也舍不得丢了。小时候剩了碗底子,总是扒到父亲碗里,以为他爱吃碗底子。长大当了家,才知这是舍不得浪费粮食。在我们家，就是洗碗的水也是舍不得倒了的，要倒在一只矮身的瓦缸里，积攒起来煮猪食用，绝不浪费一颗油珠子。

对粮食的敬畏，体现为不浪费一粥一饭，以至于娃以为，妈妈爱吃那些剩下的东西。因为我知道，我不吃就没有人吃，丢掉多可惜呀。浪费粮食有种深深的罪恶感，这是我的成长经历种下的。

我母亲比我更舍不得浪费粮食，比如家里有不小心放过期的食品，她必定嘱咐我，别丢了，人吃不成的，她可以带回去给某某家喂猪。母亲不嫌山遥路远，车马劳顿，要把那些沉甸甸的东西背回去，放进猪们的嘴里，哪怕这些猪不是我家的。在母亲眼里，每个人的衣禄都是命里自带的，天地方圆，物有长短，如果执意浪费粮食,就等于缩减自己未来的日子。母亲用近乎迷信的方式告诫我要爱惜粮食,珍惜口中福气。她一遍遍地讲那些缺衣少粮的古老日子,讲得我的孩子怀疑外婆来自火星。

人往往都是这样,在有的选择的生活面前,就有了挑剔的资本。仗着肚子被赏赐了饱腹,嫌弃甜的腻了,辣的上火了,苦的咽不下了。若是再有一点点瑕疵在盘子里,他们的眼珠子就要挂在天上。不过是一只蚊子而已,一根长发而已。

我想,再有洁癖的人家,也不能保证自家的餐桌上永远清亮无瑕,保不齐哪一次一只隐蔽的虫子就在哪片菜叶上,逃过几双老花眼睛,直下到肠胃里了。没有看见的,都恶心不到自己。看见了的,不恶心自己,也不恶心别人,才是高级的修养。

某个节日,举家欢乐时,小侄女在豌豆尖里发现了一根长发,她噘着小嘴用筷子把长发挑了出来,调皮地看着大家。家里的女人们都忙着证明那不是自己的头发。母亲说:"那可能是我的吧,怪我老眼昏花看不见,丢了丢了,那个豌豆尖你们不吃就留给我吃吧……"母亲的话没说完,弟弟的筷子已伸到豌豆尖里了。接着,人人都把筷子伸过去,一大海碗绿油油的豌豆尖被迅速一扫而光。那是母亲在地里种出来的。

母亲的身教和言教深深地影响了我,有几次我在餐桌上发现菜里的小捣蛋们，便悄悄地捼出来丢了。没有人看见，就可以当作什么也没发生。乡村酿造米酒时，难免有些好酒的小飞蛾扑进去，难不成为了几只小飞蛾，就要丢了一整锅辛苦出锅的米酒？夏天的夜晚，张着嘴巴打哈欠，一只蚊子飞进喉咙里，干咳几声无果，还不是皱着眉头受了？难不成要冒着风险把肺咳出来？不就是一只蚊子吗？绝对上升不到食品安全的高度。君可见有人误食了蚊子而中毒身亡的案例呢？

我只是常常奇怪，为何人们总是喜欢拿一只蚊子说事？忍不得一只蚊子，那是因为看见了。在看不见的地方，人们都以为跟自己没有关系。事实上，蝇营狗苟的事多了，他们不敢说，不愿说，不能说。

在我很小的时候，生产队打豆子，豆子里的小白虫叫"豆么虫"。我端着个小锡碗，尖着小手专门捡豆么虫，放在油锅里一炸，香喷喷的，馋人。云南的许多地方都有吃虫的习惯。在关于大明才子杨升庵的传说中，这里的蚊子有四两，三只蚊子一盘菜呢。这都是夸张的说法。我在云南没见过哪个地方吃蚊子的，倒是在夏天人们常常被蚊子骚扰不安。

曾有一次，我在豆角里吃到半只虫子，另外半只还在另一半豆角里。我惊恐、恶心、嫌弃。我爷爷说，吃了虫子眼睛会更明亮。

然后,我就相信了,一直信到今天。如今,我也用同样的方法教导孩子。在他不小心因一只虫子而不安时,我必定重复一遍:吃了虫子,眼睛会更明亮。

现在,我从一只虫子里,忽然就悟到了些什么。人这一生,若是按照自然规律,先是自己吃了虫子,后来是虫子吃了自己。都说早起的鸟儿有虫吃,仿佛人人都成了愿意飞翔的鸟儿,在大地上寻觅着自己的虫子。早起的虫子被早起的鸟儿吃了,晚来的虫子自有晚起的鸟儿吃。不就是一只蚊子吗？一只虫子而已。

当我可以泰然地在一只蚊子的尸体前继续保持优雅的吃相,甚至恍然之间觉得自己就是一只蚊子时,我想我就真的算是长大了。